일용직이면 어때

이전과 다른 방식의 삶을 선택하다

일용직이면 어때

이경용

담다

특별해서

특별한 삶을 사는 것이 아니라,

특별한 선택이

특별한 삶을 만든다.

일용직이면 어때

프롤로그

"설거지는 처음입니다."
"서른여섯입니다."

차마 입이 떨어지지 않았다. 대학 졸업장과 10년간의 직장 생활을 홀홀 털어 버리고 처음부터 다시 시작하는 것은 쉽지 않았다. 제주도로 넘어와 무엇이든 해 보겠던 자신감은 사라진 지 오래고, 게으름과 뱃살만 쌓여 갔다. 일용직이라는 단어를 받아들이기까지 오랜 시간이 걸렸다. 마흔을 앞둔 나이에 '처음'이라는 단어가 왜 그리 힘들던지.

회사를 나오자 내가 할 수 있는 일이 없었다. 그동안 쌓았던 경력은 무용지물이었다. 다시 처음부터 시작해야 했다. 무슨 일이든지 새롭게 시작하자고 다짐했건만, 막상 그런 상황이 오니 망설여졌다.

'OO 회사 이 대리입니다.'

회사라는 타이틀을 잃어버린 내 마음은 그간의 삶을 몽땅 날려 버린 것만 같았다. 직장도 없는 이상한 사람으로 보이는 건 아닐까 신경 쓰였다. 모든 사람이 나만 바라본다는 생각을 떨칠 수 없었다. 사실 사람들은 나에게 딱히 관심을 두지 않았다. 하지만 정작 나는 남들의 이목에서 빠져나오지 못했다.

"직장도 없이 어떻게 사니?"
"로또라도 당첨됐어?"
"어디 아파? 요양하려고 간 거야?"

부모님, 나를 아는 친지, 지인들 모두 마찬가지였다. 누구도 이해하지 못했다. 이해시킬 수 없었다. 언젠가 시간이 해결해 주리라 믿을 뿐이었다. 그들 곁을 벗어나 제주도라는 새로운 곳으로 옮겨 오면서 오직 나만 생각하기로 했다. 차츰 주변의 관심과 걱정에서 멀어졌다. 바다 건너 쉽게 닿을 수 없는 거리 때문인지 연락도 점점 줄어들었다. 나를 잘 안다고 믿는 사람들 곁에서 조금 벗어난 것만으로 안심되었다. 제주가 아니었다면 나는 그들의 말과 생각에 휩쓸려 다시 예전으로 돌아갔을지도 모른다. 다른 회사에 취직해 이전과 별로 다를 것 없는 삶을 살았을 확률이 높다.

"이미 늦었다."
"하던 거나 잘해."

살아온 날보다 아직 살아갈 날이 더 많기에 지금껏 쌓아 온 것을 버리고 다시 새롭게 시작하고 싶었다. 아직 늦지 않았다. 지금까지와 다른 모습의 나로 살아 보고 싶었다. 이전과는 다른 내가 되고 싶었다. 자존심을 버리지 못해 아무에게도 말하지 못했지만, 나의 일용직은 그렇게 시작되었다.

아직도 '꿈'이라는 단어의 의미를 잘 모르겠다. 나는 공부를 잘하는 똑똑한 사람도 아니고, 책을 많이 읽어 해박한 사람도 아니었다. 단지 나에게는 나를 이끌어 준 아내를 비롯한 '주위 사람들'과 내가 변할 수밖에 없는 '상황'이 있을 뿐이었다. 운명이라는 말이 이런 의미로 쓰이는지도 모르겠다. 딱히 원한 건 아니었지만 주위 사람과 상황이 이곳으로 나를 이끌었다. 운명이 되게 했다. 이 넓은 세상에서 한곳에 주저앉아 있기보다 세상으로 나아가려고 한다. 어디를 향해 가야 할지 모르는 두려움과 무서움은 접어 두고, 그저 내 마음이 이끄는 곳으로 자연스레 걸음을 옮겨 보려 한다. 느리거나 조금 우회하면 어떠하랴. 도착할 수 있다는 믿음만 있으면 충분하다고 생각한다.

설거지를 시작으로 타일 조공, 포장 이사, 가구 배송, 안마의자 배송, 귤 수확, 가지치기, 묘목 심기, 기초 공사, 비계 설치, 벽돌 쌓기, 방수, 페인트칠 등 다양한 일용직 업무를 경험했고, 지금도 계속하고 있다.

낯설게 시작된, 그러나 분명하게 내 삶에 일어난 변화의 바람을 기록하고 싶었다.

이것이 이 책을 쓰게 된 배경이다. 나비 효과란 이럴 때를 두고 하는 말이 아닐까 싶다. 작은 바람이 모여 큰 변화를 일으킨 나만의 이야기. 단 한 명에게라도 긍정적인 도움이 된다면 큰 기쁨이 될 것 같다.

이경용

목차

프롤로그 10

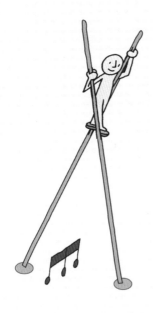

일용직이면 어때

PART 1

익숙한 것과의 결별

길이 끝나는 곳에서도 길이 있다

길이 끝나는 곳에서도
길이 되는 사람이 있다
스스로 봄길이 되어
끝없이 걸어가는 사람이 있다

· 정호승 ·

조금 일찍 퇴사했습니다

"이제 갑니다."

늦은 오후, 정들었던 책상을 정리하고 여느 때처럼 조용히 나왔다. 오늘은 회사 생활 마지막 날이다. 그래서인지 시원한 바람과 어둑어둑해지는 풍경에 마음이 차분해진다. 오랜 시간 함께한 동료들의 외근과 상사의 출장으로 대면 없이 단체 카톡으로 마지막 인사를 올렸다.

작별은 항상 어렵다. 마음이 불편하다. 얼굴을 보지 못하고 떠나는 미안함 때문이다. 해결하지 못한 숙제를 한 아름 남겨 두고 떠나는 듯하지만, 한편으로는 이게 편하다. 남들은 처음과 끝맺음을 확실히 해야 한다지만, 이미 송별회도 했고, 미리 작별 인사도 퇴사 메일도 돌렸으니 이 편이 더 낫다.

항상 이직이나 다른 꿈을 위해 떠나는 동료들이 부러웠는데, 내 차례가 되었다. 매일 반복되는 일상의 허탈감과 우울함이 오랫동안 마음을 휘저었다. 나만큼은 조용히 평소의 하루와 다를 것 없이 헤어지는 게 좋을 것 같았다. 기웃기웃 넘어가는 붉은 해가 나의 등 뒤를 비추었다. 후광을 받으며 집을 향해 차를 몰았다. 그렇게 새로운 삶이 시작되었다.

나는 선택했다. 반복되는 출퇴근, 어제와 오늘의 똑같은 일상에서 벗어나기로 했다. 좀 더 자유로워지기로 마음먹었다. 명함 속 직장과 직급과 이름이 나를 드러내는 전부가 되는 삶은 살고 싶지 않았다. 나는 몸과 머리가 다 자란 이후로 변화 없이 살아왔다. 일상은 늘 똑같았고 어제와 오늘이 다르지 않았다. 한해 한해 나이만 먹어 갈 뿐이었다. 회사, 집 그리고 잠깐의 휴일이 쳇바퀴 돌 듯 반복되는 삶이었다. 작년에도 올해에도 특별한 날은 없었다. 지인과 친구들의 안부 전화 단골 멘트인 "항상 똑같지"처럼 별일 없는 나날이 계속되고 있었다. 그 속에서 바뀌는 건 아이들의 모습뿐이었다.

깃털처럼 가볍던 아이들의 몸무게와 옷 사이즈는 한해가 다르게 커져 갔다.

'나는 이대로 괜찮을까?'
'이대로 계속 살아도 되는 걸까?'
'나는 일하기 위해 태어난 존재인 걸까?'

돈 없이 살 수 없는 현실에서 말도 안 되는 푸념이 겠지만 참으로 다른 선택은 없는지 계속 물음이 생겨났다.

하지만 하루가 다르게 변하는 아이를 보면서 알게 되었다. 이젠 안아 주기도 힘들고 나만큼이나 밥을 먹는 첫째 아들은 어느새 다 커서 뒤뚱뒤뚱하던 귀여운 모습이 온데간데없다. 일상에 순응해 사는 동안, 다를 것 없어 보이던 하루하루가 모여 엄청난 변화를 만들어 가고 있었다. 어제와 오늘이 별 차이 없던 나는 변화가 필요했다. 한 번뿐인 인생이다. 어차피 할 퇴직이나 퇴사라면 미리 하는 게 낫겠다고 생각했다. 그리고 내가 하고 싶은 일, 잘하는 것을 찾아보겠다고 결심했다.

'무슨 일을 하든 배곯는 일은 없겠지….'

자신 있게 퇴사를 결정했다. 허울 좋은 말로 나를 달랬다. 하지만 정해진 노선을 벗어나는 일은 말처럼 쉽지 않았다. 세상 풍파를 온몸으로 받아 내야 했다. 그렇다고 그때의 결정을 후회하지는 않는다. 지금의 삶이 힘들다고 미래에도 그러리라는 보장은 없으니까. 직장인으로 남아 있었다 해도 똑같은 고민과 걱정 속에 살고 있을 것이다. 삶은 알 수 없다. 미래도 알 수 없다.

책임이라는 말은 때로는 너무나 가혹하다. 이 단어 하나에 무엇 하나 쉽게 결정하지 못한다. 뚜렷한 목적과 대책이 없었기에 선택이 힘들었고, 누구에게도 자신 있게 말하지 못했다. 돈보다 중요한 것이 있다고, 나에겐 가정이 더 중요하다고 말했지만 나조차도 확신이 서지 않았다. 새 출발이라는 희망과 도전 앞에서 벅찬 마음보다 어떤 삶을 살지에 대한 걱정과 불안이 더 앞섰던 것이 사실이다.

나에게 필요한 건 시간

"시골에 내려가서 살아 보지 않을래?"

아내는 바다가 가까운 시골에서의 생활을 꿈꾸곤했다. 바쁘게 사는 도시 삶이 싫증 난 것인지 가끔 웃으며 얘기하곤 했다. 그때마다 나는 농담처럼 웃어넘겼다. 나에게 시골은 너무나 먼 곳이었기 때문이다.

부산에서 태어나 결혼까지 30년 넘게 살았다. 오래도록 터를 잡고 살아 온 이곳을 떠난다는 것은 전혀 생각해 보지 않았다. 대학도, 취업도, 결혼도 부산이 아니면 딱히 마음이 없었다. 익숙한 이곳을 떠나고 싶지 않았다. 정든 곳을 떠나 친구도 지인도 없는 새로운 환경에서 혼자 살아갈 것이 두려웠다.

'고향인 부산을 떠나 어디로 가야 한단 말인가?'
'게다가 어딘지 모를 그곳에서 무슨 일을 하며 먹고 살아야 하지?'
이런 걱정과 두려움을 한가득 안고 도전하기보다는 현재 상황에 만족하며 사는 것이 나아 보였다.

사실 시골이라는 환경보다는 잘 다니던 직장을 그만두고 새로 직장을 구해야 한다는 점이 더 힘들게 느껴졌다. 따라서 도시를 떠나 시골에서 산다는 것은 상상할 수 없는 일이었다. 직장 생활 10년 차, 어느새 세 아이의 아빠가 되었고 여전히 바쁜 회사 업무는 아침 일찍부터 늦게까지 이어졌다. 집에서 보내는 시간은 더더욱 줄었고, 바쁜 남편 덕에 혼자 독수공방하며 세 아이를 돌보는 아내도 점점 지쳐 가는 것 같았다.

운명같이 아내를 만나 결혼한 만큼 누구보다 행복한 삶을 살아가리라 다짐했다. 그러나 현실은 달랐다. 돈을 벌어 가정을 책임져야 한다는 생각은 정체 모를 바쁨으로 가득 찬 회사 생활로 이어질 뿐이었다. 회사 생활에 지친 나와 독박 육아로 힘들어하던 아내는 변화가 필요함을 느꼈다. 그때부터였다. 아내의 얘기가 더는 농담처럼 들리지 않았다. 직장에서 많은 시간을 보내지만, 많은 것을 해내는 시간은 아니었다. 회사에서의 불필요한 시간과 집에서의 부족한 시간은 항상 어긋났다. 가족을 위해 돈을 벌고 있지만, 가족에게 필요한 남편이나 아빠 역할에서는 좋은 점수를 받기 어려웠다.

'다들 그렇게 사는 거 아니겠어.'
'현실은 원래 그런 거야.'
'돈만 있으면 뭘 못하겠어.'

행복하기 위해 산다고 말하지만 '돈을 벌어다 주는 기계' 같은 느낌을 지울 수 없었다.

돈을 버는 데 나의 모든 시간을 쓰고 싶지는 않았다. 삶이 회사 생활로만 채워지는 것은 내가 원하는 바가 아니었다. 가족과의 시간이 필요했다. 아이가 커 가는 모습을 보고 함께 얼굴을 맞대고 웃으며 지내는 시간을 최우선으로 삼고 싶었다.

그러다가 회사 사정으로 장시간 주말부부 생활을 하게 되었는데, 그러면서 생각이 더 분명해졌다. 언제 올지 모르는 행복을 위해 지금이라는 시간을 희생하지 않기로 했다. '지금' 가족과 함께하는 시간에 충실하기로 결심했다. 돈을 좀 덜 버는 한이 있더라도 가족과 보내는 시간을 우선하기로 했다. 앞으로 어떤 일들이 어떻게 펼쳐질지 모르겠지만 희망만은 가득했다.

시골에 연고지가 없던 우리는 인근에 바다가 있는 곳을 검색해 보기 시작했다. 아파트가 아닌 시골 주택은 물건이 많이 없었다. 거리가 멀어 일일이 찾아가 볼 수도 없어서 블로그와 카페, 로드뷰를 활용해 찾아보았다. 다행히 직접 가 보지 않아도 충분히 확인할 수 있었다. 그때 선택한 곳이 제주도였다.

넉넉한 형편이 아니었던 우리는 1년간 살 집을 찾았다. 마음에 들고 조건에 딱 맞는 집을 하나 발견한 날, 우리는 모니터 속 사진만 보고 부동산에 전화를 걸었다. 그리고 곧바로 계약했다. 한 번도 가 보지 않은 지역으로 여행 같은 이사를 앞두고 걱정보다 즐거움과 기쁨이 넘쳤다.

'그런데 이사는 어떻게 하지?'
'짐은 어떻게 보내야 하나?'

그곳에서 무엇을 할지 걱정과 고민이 꼬리에 꼬리를 물었지만 잠시 접어 두기로 했다. 계획도 없고, 어떻게 될지도 모르겠지만 지금 이 순간을 즐기기로 했다. 1년간 자유를 누려 보기로 했다.

희망만은 가득했다

'와~ 제주다!'

밤새 출렁이는 배에서 어떻게 잠들었는지 모르겠다. 새벽 일찍 잠에서 깼다. 갑판 위에 올라가 바다에서 맞이하는 새벽 공기가 상쾌했다. 저 멀리 안개 사이로 어슴푸레 보이는 섬, 제주도. 배를 타고 건너온 제주는 신비의 섬 같았다. 처음 와 본 제주. 가슴이 두근거렸다.

커다란 배에서 조그마한 내 차를 타고 내렸다. 몰던 차를 가져오기 위해 배를 이용해 제주로 넘어왔다. 부산에서 오후 늦게 출발한 배는 밤을 지나 새벽녘에 제주에 도착했다. 차는 운전석을 제외하고 짐으로 가득 차 있다. 5인 가족이지만 짐이 많지 않았기에 대부분은 차에 다 싣고, 가벼운 물건은 출발하기 하루 전날 포장이사 박스 11개에 담아 택배로 보냈다.

내비게이션 안내를 따라 우리 집으로 향하는 내내 어떤 집일지 궁금함으로 마음이 설렜다. 운전하면서도 내 눈은 연신 좌우로 움직이며 제주를 담기에 바빴다. 한적한 마을 안쪽에 자리한 돌담으로 둘러싸인 집이 아늑해 보였다. 잔디가 깔린 마당은 아이들이 뛰어놀기에 충분해 보였다. 조금만 걸으면 펼쳐지는 아름다운 바다에 회사를 그만둔 백수의 걱정은 이내 사라졌다.

꿈꾸던 휴양지에 온 기분이었다. 눈을 뜨면 바다로 나갔다. 아이들은 바다와 모래사장을 제집인 듯 드나들며 시간 가는 줄 모르고 놀았다. 여유로웠다. 깨끗한 바다와 탁 트인 하늘이 답답했던 마음을 멀리 날려 보냈다. 그렇게 우리는 제주를 하나하나 알아 가기 시작했다. 여행하는 법도 달라졌다.

짧은 주말을 이용해 정신없이 혼잡하게 다녀오던 여행의 마지막을 장식하는 것은 늘 힘듦이었다. 뭔가에 쫓기듯 도착하기 바쁘게 집으로 돌아왔다. 여행을 다녀온 것인지 사람들 틈에서 시달리다 온 것인지 헷갈릴 정도였다.

"언제까지 기다려야 해요?"
"언제 볼 수 있어요?"
"시간 없어. 빨리 가자."

제주에서는 굳이 바쁜 주말에 여행할 필요가 없었다. 붐비지 않는 평일을 이용한 여행은 그야말로 평화로웠다. 아이들의 재촉과 기다림에서도 벗어났다. 어디를 가나 배경처럼 가득 메운 사람에게 벗어나 제대로 즐길 수 있었다. 여행의 즐거움을 알게 되었다. 그동안의 여행은 시간에 쫓겨 초조하게 발걸음만 재촉하거나, 길고 긴 줄 서기로 앞사람 뒤통수만 보며 따라가는 것이었음을 깨닫게 되었다. 길지 않은 잠깐의 순간을 위해 많은 시간을 허비했던 것이다.

많은 것을 보기 위해 바쁘게 움직이던 여행이 하나를 보더라도 제대로 보는 여행으로 바뀌어 갔다. 아이들 발걸음에 맞추어 천천히 걸었다. 이곳저곳 다녀왔다는 것을 자랑하기 위해 급하게 움직이기보다 자주 멈춰 풍경을 보고 즐겼다.

시간이 없어 서두르기만 했던 '빠른' 여행에서 여유롭고 '느린' 여행으로 바뀌어 갔다. 그렇게 보내는 제주에서의 시간이 좋아졌다. 동상이몽처럼 같은 것을 봐도 느끼는 게 모두 달랐다. 여태 눈 뜨고도 보지 못한 자연에 매료되어 제주의 곳곳을 누비기 바빴다. 그러면서도 마음 한편에 조금씩 두려움이 스며들기 시작했다.

'이대로 괜찮을까?'
'회사에 다녔으면 이런 고민을 했을까?'

제주에서의 생활은 관광이 아니라 살기 위한 여정이었기에, 현실을 직시하는 데 그리 오랜 시간이 걸리지 않았다. 조금씩 통장 잔액이 줄어들면서, 앞으로의 삶이 걱정되었다. 새로운 여행에 하루하루가 즐거웠지만, 집에 돌아와 잠을 청할 때는 어김없이 앞날에 대한 불안감이 엄습했다. 비록 큰 뜻을 품진 않았지만, 무엇이든 할 수 있다는 자신감은 있다고 생각했다. 제주라고 현실을 피할 수는 없었다. 우리는, 아니 나는 돈 문제를 해결해야 했다.

'난 무엇을 잘할 수 있을까?'

칼국숫집에서 설거지하다

마치 장기 휴가를 온 것처럼 제주도에서의 생활은 욜로(YOLO) 그 자체였다. 온종일 바다를 구경하고, 부족했던 잠을 실컷 자고, 가고 싶은 오름에 오르며 누구의 간섭 없이 자유로운 삶을 최대한 누렸다. 이대로만 살 수 있다면 얼마나 좋을까.

하지만 돈 앞에서는 자유로울 수 없었다. 마냥 좋을 것 같던 현실도 시간이 지나자 점점 깨달음이 왔다.

'나는 부자가 아니다.'

앞으로 계속 이렇게 살 수는 없다. 내가 하고 싶은 걸 찾기 위해 온 제주가 아니었던가. 진지한 고민이 찾아왔다.

10년간의 직장 생활을 떠나 내가 하고 싶은 것, 내가 잘할 수 있는 것이 무엇인지 고민했지만 뾰족한 답이 나오지 않았다. 무엇이든지 해 보는 수밖에 없었다. 하지만 작은 시골 마을에서 할 수 있는 일을 찾기는 쉽지 않았다.

우선 지역 카페를 활용해 보기로 했다. 이주민이 많은 특성상 제주 상황이나 정보가 많이 공유되었기 때문이다. 집을 구할 때 알게 되었는데, 일주일 이내 단기간에 할 수 있는 일자리 정보나 구직하는 사람들의 글도 제법 올라왔다. 일용직 아르바이트를 구하는 글도 더러 있었다. 제주에서는 한 시간이면 어디든 갈 수 있었기에 간간이 할 수 있는 일을 찾을 수 있었다. 여러 종류의 일자리가 올라왔지만, 기술이 없던 나는 쉽게 할 수 있는 일부터 해보기로 했다.

첫 시작은 네 시간 동안 설거지를 하는 아르바이트였다. 장소는 집에서 멀지 않았다. 30분가량 걸려 도착한 그곳은 산 중턱에 있는 칼국숫집이었다. 여기저기 칼국수 가게가 모여 있는 것을 보니, 칼국수로 유명한 동네인 듯했다. 오늘 일하기로 한 가게 간판이 보이자 긴장되기 시작했다.

'왜 이렇게 떨리지?'

마치 직장 면접을 앞둔 느낌이었다. 식당 앞에 차를 세웠다.

마흔이 다 된 나이에 설거지라니, 괜스레 웃음이 나왔다. 그러면서 예전의 기억이 떠올랐다. 대학생 때했던 첫 아르바이트가 맥도날드 클로징(마감 설거지)이었는데, 매장 문을 닫으면 그날 사용했던 주방 도구와 용기들을 씻었다. 넓은 앞치마를 두르고 장화를 신고 빨간 고무장갑을 손에 낀 채 자정이 다되어 가는 시간에 열심히 설거지하던 기억이 났다. 직장을 그만두고 처음 시작하는 일이 설거지니, 인연이라면 인연이었다. 그때의 기억을 더듬으며 한결 편안해진 마음으로 가게 문을 열었다.

"어서 오세요."
"오늘 아르바이트하기로 한 사람입니다."

밝고 약간은 우렁찬 목소리의 사장님으로 보이는 분이 나오셨다. 손님이 아닌 까닭에 조금은 미안한 목소리로 대답했다. 일용직이라는 사실과 낯선 상황이 창피하기도 하고 모든 것이 어색했다. 긴장되는 순간이었다. 사장님은 내 이름을 확인한 후, 반갑다며 악수를 청하셨다. 쑥스럽게 손을 마주 잡았다.

"잘 부탁드립니다."

식당은 단출했다. 사장님 부부가 운영하는 곳인데, 매장에는 '맛집 칼국수'라는 현판이 달려 있고 주방까지 길게 이어지는 통로에 테이블이 좌우로 배치되어 있었다. 왼쪽에는 신발을 벗고 오르는 평상에 좌식 식탁이, 오른쪽에는 의자에 앉는 식탁이 있었다. 나의 자리는 주방 옆 한쪽이었다. 싱크대에는 이미 다녀간 손님들의 빈 그릇과 접시가 가득 차 있었다. 설거지에 한참 집중하는데 사장님이 말을 걸어왔다.

"제주 토박이 아니죠?"

"어디에서 왔어요? 고향이 어디예요?"

고향이 아닌 제주에 아무 계획 없이 왔다는 얘기에 사장님은 많은 이야기를 들려주셨다. 오십이 넘은 나이에 아내와 함께 제주로 넘어와 처음 칼국수 가게를 열었다고 하셨다. 사장님의 경험은 제주살이에 대한 동경과 더불어 나도 할 수 있다는 자신감을 심어 주었다.

그렇게 반나절이 금방 지나갔다. 사장님은 우리 집에 왔으니 음식 대접은 해야 한다며, 가기 전에 식당의 자랑인 칼국수 한 그릇 먹고 가라고 하셨다. 일하는 동안 살갑게 잘 대해 주신 것도 고마운데, 음식까지 대접받으려니 너무 미안해 다른 약속이 있다며 한사코 거절했다. 나중에라도 가족과 꼭 들리라는 사장님의 얘기에 가족과 함께 오겠다고 대답하고는 서둘러 나왔다.

돈을 벌려고 간 것이었는데, 경험담과 조언을 한 움큼 받아 들고 돌아왔다. 내 이름을 재차 물어보시더니 흰 봉투에 이름을 크게 써서 일당을 넣어 주시던 모습을 아직도 잊을 수 없다. 초록 지폐보다 그 속에 가득 담긴 진심 때문이었으리라.

"가족들과 꼭 한번 와요."

그냥 지나칠 수 있었던 사장님의 한마디에 아이들과 아내를 데리고 가게를 다시 찾았다. 사람 대하기를 어려워하는 내가 어떻게 그곳에 다시 가게 되었는지 모르겠지만 꼭 다시 가야 할 것만 같았다. 사장님 부부는 그날처럼 환하게 반겨 주셨다. 그리고 네 시간의 짧은 만남은 인연이 되었다. 그렇게 제주에 있으면서 사장님과의 만남을 이어 갔다. 집 근처를 지나가는 길엔 어김없이 안부 전화를 주셨고, 저녁에 만나 소주 한잔 기울이며 제주살이 경험을 들려주셨다.

"돈 쓰지 말고 아껴."
"아이들 크면 돈 쓸 곳 많아. 오늘은 내가 내는 거니깐 부담 갖지 말고 마셔."

그때의 고마움이 얼마나 컸던지 제주를 떠나온 지금도 연락을 주고받고 있다.

4시간 동안의 짧은 인연이 오랜 인연이 된 것이다.

오랜만에 전화 한 통 드려야겠다.

일용직이면 어때

PART 2

새로운 도전, 일용직

희망찬 사람은

그 자신이 희망이다

길 찾는 사람은

그 자신이 새 길이다

· 박노해 ·

타일 조공, 체력의 한계를 깨닫다

'욕실, 주방 타일 붙이는 일 조공 구합니다.'

첫 번째 설거지 아르바이트에서 얻은 자신감이 또 다른 만남이나 경험으로 이어지길 기대하며 재빨리 댓글을 남겼다. 해보지 않은 건설 관련 일이라 힘들거나 어렵지는 않을까 걱정되긴 했지만, 새로운 경험을 하는 것이라고 생각했다. 힘든 일이라도 이틀만 참으면 된다. 크게 문제 될 것 없어 보였고, 경험 차원에서도 나에게 어떤 식으로든 도움이 될 것 같았다.

시작이 어려울 뿐이지 한 번 하고 나면 그다음부터는 쉬워진다. 자연스러운 일이 된다. 마흔을 바라보는 나이에 아르바이트를 할 수 있다는 사실을 경험한 것만으로도 충분히 자신감이 생겼다. 낯선 일에 대한 거부감이 사라졌다.

조공은 보조해 주는 사람이다. 기술자 옆에서 필요한 타일과 자재를 나르고 도와주는 역할을 하는데, 타일은 보통 주방이나 욕실에 사용된다. 타일을 붙이는 작업에는 주재료인 타일과 타일을 벽에 붙이는 데 필요한 접착제(모르타르)가 필요하다. 타일 작업은 타일과 타일 사이의 간격을 일정하게 맞추고, 비뚤어지지 않게 수평 수직을 잘 맞추는 게 중요하다. 간격이 일정해야 이쁘기 때문이다. 그렇게 심혈을 기울여 작업하고 나면 퍼즐 조각을 완성한 것처럼 멋진 그림이 된다. 그것이 기술이다.

하지만 나의 역할은 보조다. 타일과 접착제를 가져다주고, 타일을 재단하는 것이 나의 일이다. 타일은 생각보다 무척 무거웠다. A4용지가 생각났다. A4용지 한 장은 무게가 거의 느껴지지 않지만, 한 박스는 무거운 것처럼 말이다. 커다란 통에 담긴 접착제와 열 개, 스무 개씩 포장된 타일은 제법 무거웠다.

가벼운 것도 여러 개 뭉치면 무겁다. 여러 사람이 모이면 힘이 커지는 것과 같다. 힘든 일을 해보지 않은 전직 회사원에게 20kg은 상당히 무거운 중량이었다. 그것도 한번이 아니라 쉬지 않고 계속 나르는 일은 쉽지 않았다. 먼 거리는 아니었지만 몇 개 안 되는 계단, 이어지는 복도도 난공불락이었다. 운동과 거의 담을 쌓고 살던 나에게는 보통 일이 아니었다.

"남자가 그리 힘이 없어서 어디에 써먹나."
"그거 옮기는 게 그리 힘들어요?"
"그래 가지곤 일 오래 못 하는데…."
"우리 때는 쌀 한 가마니씩 번쩍번쩍 지고 다녔는데, 요즘 젊은것들은 힘이 없어."

지나가며 다들 한마디씩 수군대는 얘기가 토씨 하나 빠지지 않고 내 귀에 박혔다. 아팠다. 솔직히 이 일에 지원할 때만 해도 욕실이나 주방에 타일을 붙이는 다소 쉬운 일이라고 생각했다. 하지만 쉬운 일은 없었다. 이 일을 계속하려면 최소 20kg은 거뜬히 들 정도의 힘이 있어야 했다.

거기에 건축 현장이다 보니 분위기가 삭막했다. 중장비와 몸을 쓰며 일하는 사람들의 말투와 성향에 쉽게 적응되지 않았다. 하지만 방법이 없었다. 그곳

분위기와 스타일에 적응하는 수밖에 없었다. 거친 시멘트가 훤히 드러난 외벽 기둥과 휑한 공간도 한 몫했다. 힘든 내 몸에 한 번, 거친 분위기에 두 번, 뭔지 모르게 움츠러들었다.

지금껏 직장에서 했던 개발 업무는 딱히 큰 힘이 필요하지 않았다. 그런 까닭에 체력에는 어느 정도 자신이 있었다. 운동의 필요성을 전혀 느끼지 못했으며, 오히려 헬스와 운동으로 근육 만드는 사람들을 이해하지 못했다.

그러나 타일 작업을 경험한 후, 내 상태가 성인 한 명의 체력에도 못 미친다는 생각이 들었다.

'이것도 못 해서 앞으로 무슨 일을 할 수 있을까?'
'우선 체력부터 키워 보자.'

앞으로 어떤 일을 하게 될지 모르지만 체력 관리의 필요성을 느꼈다.

돌이켜 생각해 보면, 무엇을 해야 할까 고민을 거듭

하는 동안 일용직 아르바이트는 내 삶에서 일종의 소화제가 되었다. 퇴직 후 일에서 자유롭고, 여유 있고, 휴가 같은 삶을 보내고 있었지만 언제까지나 지속될 수는 없다. 그런 상황에서 일용직이라도 놀지 않고 일하는 것은 아이들과 아내 볼 면목을 세워주고 스스로에 대한 위로가 되었다.

나이가 많다는 데서 오는 부끄러움이나 일용직이라는 차가운 시선도 조금씩 적응하기 시작하면서 재미가 붙었다.

운동의 필요성

토목 공사 현장에 나왔다. 유난히 햇볕이 따갑다. 다들 뜨거운 태양을 피해 모자를 썼지만, 모자가 주는 갑갑함이 싫은 나는 쓰지 않았다. 그러다 보니 머리가 뜨겁다 못해 따가웠다. 햇볕 피할 곳이라고는 없는 허허벌판 현장에서는 흐린 날이 오히려 일하기가 나았다.

아무것도 없는 땅에 관계 시설과 기초 공사를 하는 작업이다. 집을 짓기 전 바닥을 평평하게 다지기 위해 땅을 고르고, 높이가 안 맞는 곳에는 벽을 세운다. 넓은 공사 부지가 온통 흙이다. 위에선 태양이 내리쬐고 아래에선 흙먼지가 휘몰아친다.

내가 할 일은 축대를 세우기 위해 거푸집을 풀고, 조이고, 나르는 작업이다. 축대가 있어야 할 곳에

틀을 만들어 세우고, 거기에 시멘트를 붓는다. 긴 거리를 한 번에 처리할 수 없기에 구간별로 나누어 작업한 뒤 시멘트가 잘 굳으면 거푸집을 뜯어 낸다. 단단하게 굳은 시멘트의 틀을 풀고 옆으로 옮겨 설치한 다음 다시 시멘트 붓는다. 틀을 만들고, 시멘트를 붙고, 굳으면 틀을 옮기고, 그렇게 반복하다 보니 어느새 하루가 다 지나갔다.

그다지 어려울 것 없어 보이는 현장이지만, 틀을 고정하는 자재의 무게가 상당했다. 길고 넓은 거푸집은 잡고 옮기기가 쉽지 않았다. 길이라도 좋으면 한결 나으련만, 정비되지 않은 울퉁불퉁한 길과 계단도 없는 내리막과 협소한 폭을 오가며 자재 나르기가 쉽지 않았다. 단순한 작업이지만 거푸집과 장대봉의 무게가 만만찮았다. 일용직을 반복하면서 힘의 중요성을 실감했다.

몸을 잘 쓰는 것과 힘을 잘 쓰는 건 완전히 다른 영역이었다. 잠깐 타일을 나를 때와 달리 온종일 철물 자재를 들고 날라야 했지만, 나의 체력은 턱걸이나 팔굽혀펴기 하나도 제대로 해내지 못하는 정도였다. 체력의 필요성을 절감했지만 운동을 시작하기는 쉽지 않았다. 몸을 쓰는 일이 편할 리 없겠지만, 공사 현장에서 하는 일들은 체력을 많이 요구하기에 집으로 돌아오면 녹초가 되곤 했다.

어느 날이었다. 아이들과 집 근처를 산책하다가 들어간 초등학교에서 철봉을 발견했다. 몇 개나 할 수 있을까 기대하며 철봉을 잡았다. 중학생 시절 체력장이 생각이 났다. 턱걸이와 팔굽혀펴기를 한 개도 제대로 하지 못했던 기억이 떠올랐다. 군대에 있을 땐 체력 운동을 하면서 자연스럽게 기초적인 체력을 키웠지만, 제대 후에는 해 본 적이 없었다. 과연 몇 개나 할 수 있을지 궁금했다. 있는 힘을 다해 철봉을 꽉 잡고 힘을 써 보았지만 몸이 올라가지 않았다.

'이럴 수가! 한 개도 하지 못하다니…'

기초 체력은 어디로 갔단 말인가. 지켜보던 아내와 아이들은 얼굴만 한껏 달아오른 모습이 웃겼는지 깔깔깔 넘어갔다. 충격이었다. 초등학교 철봉 앞에서 제대로 망신당한 그날의 기억이 지금도 잊히지 않는다. 민망함 가운데 인정해야 했다. 나의 체력이 바닥이었음을.

"참~ 돈 쓸 데 없다."
"며칠 가지도 않을 거면서 또 등록했어?"
"평생 할 거 아니면 하지 마라."
"힘든 일을 왜 돈 주고 하냐?"

스무 살 때 몸을 만들러 헬스장에 가는 친구에게 쓴소리를 내뱉었다. 열의를 불태울 때마다 찬물을 끼얹었다. 그렇게 운동하는 친구를 이해하지 못했는데, 살다 보니 생각이 바뀌었다. 힘이 필요한 상황을 경험해 보니 운동의 필요성을 절실히 깨닫게 된 것이다.

새벽 5시 50분에 알람을 맞췄다. 여름에는 이미 해가 떠서 밝고, 겨울에는 아직 한밤중이라 깜깜한 시간이다. 일이 없을 때면 매일 그 시간에 일어나 뛰기 시작했다. 해변을 돌고 아침 해를 보며 마음을 다졌다.

'운동, 이왕 시작한 거 평생 해 보자!'

한바탕 달리고 돌아오는 길에는 초등학교에 들러 철봉과 한바탕 씨름했다. 그러자 이기는 횟수가 조금씩 늘어나기 시작했다. 그렇게 하루하루가 쌓여 갔다.

어느새 무거웠던 짐들이 조금씩 가벼워졌다. 운동을 시작하고부터는 몸을 써서 일하는 일용직 생활이 조금씩 편해졌다. 운동을 시작하기 전에는 그저 힘든 일이라고만 생각했는데, 힘든 일이 아니라 운동이 된다고 생각하게 됐다. 그것만으로 충분했다.

내 마음을 흔드는 비

'아, 괜히 왔다.'

오늘은 그냥 돌아가야 한다. 한 시간이나 걸려 도착한 곳에서 비가 한 방울씩 떨어지기 시작했기 때문이다.

비 소식이 있었지만 비 올 확률은 40퍼센트 미만이었다. 정확하진 않았지만, 오전에 잠깐 비가 내릴 수 있다는 말에 내리지 않기를 바랐는데 제대로 빗나갔다.

'비가 그치지 않을까?'

조금 기다려 봤지만 소용없었다. 결국 오늘 일은 취소되고, 하는 수 없이 그냥 돌아와야 했다. 왔다 갔다 출근한 게 아깝지만 어쩔 수 없다. 순식간에 평일이 휴일로 바뀌었다. 직장 다닐 때는 쉬는 날이 참 좋았지만, 지금은 평일을 휴일로 만든 비가 싫다.

어릴 때부터 나는 유난히 비가 싫었다. 교실에 앉아 있는 것보다 운동장에 나가 노는 게 더 좋았다. 그땐 일기예보를 듣기보다는 등굣길에 하늘을 쳐다보곤 했다. 비 오는 날은 우산이 있어도 축축하게 젖는 바지와 운동장에 나갈 수 없는 사실이 나를 슬프게 했다. 하지만 졸업 후 운동장이 필요 없어지면서 날씨에 관한 관심도 점점 사라져 갔다.

그런데 일용직을 선택하면서 다시 날씨에 민감해졌다. 일하기로 한 날은 일을 하고 싶었다. 그러니 갑자기 비가 오면 아쉬울 수밖에. 실내에서 하는 일이라면 상관없지만, 야외에서 작업하는 경우가 많기에 비 오는 하늘이 미웠다. 직장인에게는 주말이 휴일이겠지만 일용직 종사자에게는 비 오는 날이 휴일이다. 휴식이 필요할 때는 비가 참 좋은 친구 같다가도, 비 오는 날이 길어지면 얄미운 동생 같다. 그날도 그랬다. 비 예보가 있었지만 일을 늦출 수는 없었다. 출근해야 했다. 비가 올까 봐 조금 걱정되었지만 어쩔 수 없었다.

'비가 안 오기를 바라는 수밖에.'

오전 10시가 넘어가자 비가 오기 시작하더니 점점 빗줄기가 굵어졌다. 작업을 멈췄고, 결국 집으로 돌아올 수밖에 없었다.

어떤 날은 점심을 먹고 나서 비가 올 때도 있다. 그런 경우는 그나마 다행이다. 오전 일은 보상받을 수 있으니. 비가 조금 일찍 내려 오전 시간을 채우지 못하면 그날은 허탕 치는 거다. 비가 오는 건 어쩔 수 없지만, 오후에 내리는 비가 감사할 따름이다.

짜증도 나고 때로는 허탕 쳤다는 생각에 화가 올라오기도 하지만, 그렇다고 어디 분풀이할 곳도 없다. 그냥 비 내리는 하늘이 더욱 싫을 뿐이다. 일용직의 기분을 좌우하는 것은 '하늘'에 달려 있다는 것을 몸소 경험하는 순간이다.

움츠러드는 인력소

인력사무소로 향했다. 일꾼들은 새벽 5시 반부터 나와 인력사무소 자리를 하나씩 차지한다. 그러면 사무소에 일이 들어오는 순서대로 배치가 이루어진다. 일꾼을 찾는 전화가 많을지 적을지 아무도 알 수 없기에 미리미리 일찍 나가 기다리는 것이 예사다.

처음은 항상 어렵다. 새로운 일을 하는 것도 그렇지만, 인력사무소에 처음 나가는 일도 그랬다. 평소 내가 가졌던 편견도 한몫했다. 인력사무소는 신분이 깨끗하지 못하거나, 갈 곳 없는 취약 계층 사람들이 나가 일하는 곳이라 생각했다. 그들의 외모에서도 좋은 인상을 받지 못했다. 그래서 머뭇거리며 인력사무소 문을 열었던 것이 기억에 남는다.

처음 인력사무소를 찾은 것은 제주도에서였다. 오

가는 발걸음이 없는 새벽, 조금 삭막해 보이는 한 인력사무소 앞에서 들어가야 할지 말지 한참을 망설였다. 좀처럼 손잡이에 손이 가지 않았다. 근처를 몇 번이나 배회하다가 용기를 내어 문을 열었다. 편견 때문인지 사무실 안은 어둡고 음침했다.

사무실 내부는 깔끔 혹은 정리 정돈과는 거리가 멀었다. 가운데 난로가 놓여 있었지만 긴장하고 몸이 얼어붙어서인지 온기가 느껴지지 않았다. 인력사무소 분위기는 쌀쌀한 새벽 공기만큼이나 차갑고 무거웠다. 일하러 나오는 사람들이 풍기는 모습 또한 평범하지 않았다. 험한 작업복을 입어서 그런지 뭔가 거칠어 보였다. 마치 무법자들처럼 보여 다가가기가 더 어려웠다. 멀찍이 자리를 잡고 앉아 기다렸다. 한 명, 두 명 늘어갈수록 사무실이 시끄러워졌다. 사람들은 어제 현장에서 있었던 일, 과거 좋은 시절 이야기 등을 나누며 웃고 떠들었다. 한편, 요란스럽게 울려야 할 전화기는 잠잠했다. 언제까지 기다려야 하나.

어느새 7시가 다 되었다. 어제 일이 마무리되지 않

아 연장 요청을 받은 이들이 하나둘 떠나갔다. 하지만 아직 남아 있는 사람이 더 많고, 전화기도 잠잠하다. 전화선이 빠진 것은 아닌지 소장님이 확인해 본다.

"오늘은 텄네, 텄어."
"연락해 오는 데가 한 군데도 없냐."

고요한 적막을 깨는 소리가 없다. 이런 일이 자주 있는 듯 다들 오늘은 일이 없다고 생각하는 모양이다. 집 근처에는 인력사무소가 없어 멀리까지 나왔는데 그냥 돌아가야 한다니 힘이 쫙 빠졌다.

'공치는 날도 있겠지.'

인력사무소에 나오기만 하면 일을 할 수 있을 줄 알았는데 그런 것만은 아닌 듯했다. 이런 상황이 익숙한 사람들은 벌써 족구팀을 모으고 있었다. 사우나까지 코스로 잡는 걸 봐서 오늘 일은 접어 두고 제대로 쉬기로 마음먹은 듯했다. 이쯤 되면 오늘은 일이 없다고 봐야 할 것 같았다. 그러는 동안에도 전화기 벨은 한 번도 울리지 않았다.

처음 찾은 인력소인데, 첫날부터 일이 없다는 얘기에 힘이 빠졌다. 기대가 큰 만큼 실망도 컸다. 아침 일찍 나온 보람도 없이 집으로 차를 몰았다. 그날 이후 왠지 모르게 인력사무소에는 잘 나가지 않게 되었다.

한참 시간이 지나고 나서야 그동안 가지고 있었던 일용직 노동자에 대한 인식이 바뀌었다. 그동안 나는 문제가 있거나, 삶이 어렵고 힘든 사람들이 마지막으로 찾는 곳이 인력사무소라고 생각했다. 하루 벌어 하루 먹고 사는 사람들이 모이는 곳으로 여겼다. 그들의 깔끔하지 않은 복장, 덥수룩한 머리카락과 수염 때문에 가까이 다가가기 꺼렸다. 외모가 전부는 아니었음에도 보이는 것에 신경을 쓰던 나의 편견 때문이었다. 물론 지금은 그들 대부분이 나와 별 차이 없는 일반인이라는 것을 알게 되었다.

꼭 전문가일 필요는 없다

'저곳인데…'

아내를 통해 알게 된 예은이네 집에 초대받았다. 제주도에 아는 사람이라고는 단 한 명도 없었기에 누군가와 교류한다는 생각에 조금 들떴다. 우리보다 먼저 제주에 자리 잡은 사람들은 어떻게 살고 있을지 궁금했다. 그렇게 기대와 들뜬 마음으로 차를 몰았다. 한 시간 정도 걸리는 거리. 차창 넘어 산자락에 자리 잡은 알록달록 이쁜 집들이 눈에 들어왔다. 저 집들 중 한 곳이 아닐까 생각하다 보니 어느새 목적지에 도착했다.

내비게이션 안내에 따라 도착한 곳은 해안에서 조금 내륙으로 들어온 마을인데, 사람들이 모여 사는 마을에서 조금 떨어진 곳이었다. 그런데 좌우로 넓은 밭만 펼쳐져 있고 집은 어디에도 보이지 않았다. 비닐하우스처럼 생긴 큰 초록색 창고 같은 건물만 있을 뿐이었다. 결국 아내는 예은이 어머니에게 전화를 걸었다.

그때 아내의 전화를 받고 누군가 손을 흔들며 나왔다. 넓은 마당 한쪽에 주차하고 창고 같은 집으로 들어갔다. 내부로 들어가니 층고가 높은 아주 인상적인 집이었다. 마치 겉과 속이 다른 사람처럼 조금은 갸우뚱하게 만들던 바깥 모습과 달리 내부는 방, 거실, 화장실 등 필요한 것이 모두 갖추어져 있었다. 이곳은 예은이네 아버지가 혼자 집을 짓는 동안 임시 거처로 만든 곳이라고 했다.

예은이 아버지는 무밭을 사서 돌로 밭을 메웠는데, 이 넓은 땅에 집 다섯 채를 혼자서 지을 계획이라고 했다. 이 많은 집을 혼자 짓는다는 얘기에 궁금증이 생겼다.

"혼자서 집을 지으시는 거예요?"
"천천히 하나하나 손수 배워 가며 짓고 있습니다."

"건축을 전문으로 하셨어요?"

"요즘 유튜브 좋잖아요. 모르는 거 다 거기 나와요."

"어떻게 혼자 집 지을 생각을 하셨어요?"

"제주도 와서 집을 사려고 알아봤는데, 마음에 드는 집이 없더라고요. 그래서 그냥 짓기로 했죠, 뭐."

"혼자 집을 짓다니…. 정말 대단하세요."

"대단한 거 아니에요. 누구나 조금만 공부하면 할 수 있어요."

어릴 적 가지고 놀던 레고 장난감 건물을 만드는 것도 아니고 직접 건물을 짓는다는 얘기에 입이 쩍 벌어졌다. 한 번도 생각해 보지 않은 일을 자신 있게 얘기하고 추진하는 모습이 대단해 보였다.

그러면서 깨달았다. 내가 해냈거나 잘하는 일에도 모두 처음이 있었다는 것을. 퇴사 이후 경험하는 일은 모두 다 처음인데, 처음이라는 이유로 망설이고 괜한 고민에 빠졌던 날들이 생각났다. 이 나이에 설거지해도 될까, 일용직을 해서 잘 살 수 있을까 하는 생각들 말이다. 사실은 결혼도, 직장 생활도, 퇴사도, 제주도로 옮겨 온 것도, 일용직 일도 모두 처음이었다.

지금껏 해 온 일이 모두 처음이었는데, 그동안 한 번
도 그런 생각을 해 보지 않았다.

모든 동물은 자기 집을 짓는다

"거리가 좀 멀긴 하지만 저랑 같이 집 지어 보는 거 어때요?"

"아직 초짜라서 도움이 될지 모르겠습니다."

"작업화 있어요?"

"타일 보조한다고 하나 사 놓기는 했어요."

"그럼 됐어요. 그거만 있으면 돼요. 다 하면서 배우는 거 아니겠습니까."

아무래도 혼자서는 힘에 부치는 경우가 있다며 같이 도와주면 좋겠다는 말에 무턱대고 승낙해 버렸다. 집 짓는 과정도 직접 경험해 보면 좋을 것 같았다. 걱정할 일 하나도 없을 거라며 마음을 푹 놓게 만드는 예은이 아버지의 호탕한 웃음도 한몫했다. 덕분에 '경험도 없는데 어떻게'라는 생각이 '배워 보자'라는 마음으로 바뀌었다. 내 손으로 집을 짓는다고 생각하니 괜스레 흥분되는 것도 사실이었다.

기초 공사를 막 끝낸 집터에는 'ㄱ'자 형태의 단층 구조 건물이 세워질 예정이었다. 건물을 지을 때 제일 먼저 시작하는 기초 공사는 땅 밑 지반을 튼튼히 하는 뿌리 공사다. 깊이 뿌리 박힌 나무가 잘 쓰러지지 않듯이, 집을 지을 때도 땅을 파고 철근을 깔고 시멘트를 부어 바닥을 단단히 만드는 일이 중요하다.

조금 솟아 있는 기초 바닥 주위가 특이하게 온통 돌밭이었다. 집터 옆에는 무밭과 배추밭이 펼쳐져 있는데, 건물이 없어 막힘없이 탁 트인 전망이 내 마음에도 쏙 들었다. 나도 이렇게 사방이 트인 공간에 집을 짓고 살고 싶다는 생각이 들었다.

예은이 아버지는 이곳이 원래 무밭이었는데 지대가 낮아 비가 오면 자주 물이 찼다고 했다. 보통 사람 같으면 '안 좋은 땅'이라며 쳐다보지도 않았을 텐데 예은이 아버지는 이곳을 사들여 배수가 잘되는 화산석으로 메웠다고 한다. 돌하르방을 떠올려 보니 수많은 구멍 사이로 물이 빠져나가 고일 틈이 없겠다 싶었다.

'이곳에 어떤 멋진 집이 세워질까?'

이른 아침 본격적으로 집을 짓기 위해 다시 만났다. 작업에 앞서 먼저 설명이 이어졌다. 기본적으로 집의 형태는 나무로 지으면 목조주택이고, 시멘트로 지으면 콘크리트 집이며, 패널로 짓는 집도 있다고 했다. 집을 짓는 데 대한 지식이 전혀 없었던 내게 예은이 아버지의 기초 설명이 오랫동안 이어졌다. 멀리 산 너머로 해가 떠오르고, 차가운 바람이 햇살을 받아 조금씩 따뜻하게 불어왔다. 아는 것이 없어 차디차기만 하던 뇌도 타오르는 햇살처럼 조금씩 예열되더니 빠릿빠릿해졌다.

오후가 되어 본격적으로 일을 시작했다. 예은이네 집은 ALC라고 하는 친환경 소재 벽돌로 쌓아 올리는 조적식 집이다. 여기에 사용되는 벽돌은 일반 시멘트 벽돌보다 크고 무겁다. 가로세로 크기가 300×600mm다. 2인 1조가 되어 벽돌을 하나씩 하나씩 옮겨 쌓았다. 벽체 세우는 일은 벽돌 쌓기보다 수평 수직을 맞추는 것이 중요하다. 서두르지 않고 천천히 하나하나 틈이 생기지 않게 올렸다. 쌓을 바닥에 모르타르와 전용 접착제를 바르고 돌담을 쌓듯 조심조심 올려놓았다. 암수처럼 맞물리는 것이 없기에 틈이 생기지 않도록 더욱더 신경을 썼다.

전문적으로 벽돌을 쌓는 사람들은 집 한 채를 사나흘이면 완성한다고 한다. 하지만 우리는 초보자라 하나하나 배우면서 확인해 가며 쌓았다. 지금 하는 일보다 큰 그림을 머릿속에 그리면서. 돌이킬 수 없는 실수가 생기지 않도록, 실패하지 않도록 수시로 멈추어 생각하고 고민했다. 시간이 돈인 사업장에서는 '장인 정신'보다는 '빨리빨리'가 더 중요하다. 시간 내에 해내는 것이 돈과 직결되니 어쩔 수 없을 것이다. 사소한 실수나 작은 부분은 그냥 넘어가기도 한다.

그러나 이곳은 돈을 벌기 위한 곳이 아니라 손수 집을 짓는 곳이니 장인 정신이 생겨났다. 무엇보다 제대로 짓는 것이 가장 중요했다. 지금껏 빠르게만 일해 왔으니 이참에 느릿느릿 일하는 법을 배워 볼 요량이었다. 그러다 보니 어느덧 해가 저 산 너머로 기울어져 갔다.

도면 속 집은 단층에 네모반듯한 모양의 심플한 집이었다. 일을 본격적으로 시작하기도 전에 머릿속에 집 한 채가 지어졌다. 나도 집 짓는 사람이 된 기분이었다. 우리 집을 직접 짓는다면 어떻게 만들어 볼까. 이 세상에 자기 집을 직접 짓지 않는 동물은 인간밖에 없다는 기사를 읽은 기억이 난다. 시골에 내려와 살기로 했으니 이번 기회에 집 짓는 법을 배워 잔디 마당이 있는 단층 주택을 짓는 상상을 해 보았다. 상상이지만 괜히 기분이 좋아졌다.

아쉽지만 끝이 있다

벽돌을 이용해 벽체 세우는 일도 어느새 끝이 보이기 시작했다. 발목에서 시작된 벽이 무릎, 가슴, 머리를 지나 손이 닿지 않는 곳까지 높아졌다. 태양을 피해 벽체 뒤에 숨자 벽을 타고 불어오는 바람이 어느 때보다 시원했다. 한 단 한 단 참으로 오랫동안 쌓았다.

벽돌 하나가 쌓이는 것은 눈에 잘 띄지 않지만 일주일이 되고 한 달, 두 달이 되니 어느새 마지막 층을 놓고 있었다. 벽돌을 머리 위로 들어 올릴 때마다 꺾여서 아프던 손목도 어느새 적응되어 아무렇지 않았다. 다음 날 멀리서 바라보니 어엿한 집의 형태를 갖추고 있었다. 벽체를 세운 것만으로도 흐뭇했다.

아직 해야 할 공정이 많이 남았지만 집의 뼈대가

세워진 것만 봐도 완공된 듯 마음에 뿌듯함이 가득 차올랐다. 시간과 정성을 들여서 내 손으로 지은 집이라 더 시선이 갔다. 집 짓는 일이 참 매력적으로 느껴졌다.

뼈대인 벽체 세우기가 끝났지만 아직 갈 길이 멀었다. 지붕 씌우는 일은 비교적 짧은 시간에 끝이 났다. 지붕은 옥상이 있는 슬라브형으로 거푸집(유로폼)을 달아 시멘트를 쳤다. 그다음에는 옥상 방수 작업을 진행했다. 누수는 집에 가장 큰 하자 중 하나이기에 세 차례에 걸쳐 꼼꼼히 작업했다. 이로써 집의 외형이 완성되었다. 멀리서 보니 집 한 채가 떡하니 서 있는 것 같았다. 전등도 없는 까만 벽이었지만 내부는 상당히 아늑하고 쾌적했다.

이어서 외벽 마감을 진행했다. 알시톱이라 하는 ALC 블록의 전용 미장 마감재를 이용해 벽체의 균열이나 수분 침투 등의 오염을 방지하는 작업을 했다. 물과 혼합해 외벽 전체에 펴 바른 뒤 창과 문을 달고 나니 어엿한 집이 완성되었다. 드디어 외부가 끝났다.

나의 집 짓기도 여기까지였다. 아직 내부 공사가 남았지만 그 후로는 함께 일하지 못했다. 하지만 이것만으로도 좋은 경험이었다. 무엇보다 집이 만들어지는 과정 하나하나에 참여해 볼 수 있어 좋았다. 그다지 관심 없던 집의 구조와 대략적인 설계도 알게 되었다. 다음에 기회가 된다면 우리 집도 꼭 내 손으로 짓고 싶다는 마음이 들었다.

겉이 아니라 속이다

'밭에서 일할 힘센 사람 4명 구합니다.'

밭일은 처음이었다. 보통 밭일은 수확 철에 여성 일꾼만 구한다. 쪼그리고 앉아 수확하는 일이 남자에게는 힘들기 때문이라는 얘기를 들은 적 있다. 그런데 힘센 사람을 구한다고 하니 무거운 물건을 나르는 일이라 생각했다. 밭일은 보통 이른 시간부터 시작하는데 8시부터 시작한다고 했다. 이동하는 동안 어떤 일을 하게 될지 궁금증이 커져 갔다.

도착한 곳은 산기슭에 있는 과수원이었다. 가지만 앙상한 나무들은 사과, 배, 귤나무 중 하나겠지만 제주도이기에 귤나무가 아닐까 짐작했다. 오늘 할 일은 귤나무에 퇴비를 주는 것이었다. 나뭇가지에 잎이 돋아나기 전에 밑거름을 충분히 줘야 귤이 많이 열린다고 했다. 귤 농사의 첫 시작인 셈이었다.

퇴비를 차로 가져오기에는 밭으로 가는 길이 협소했다. 방법은 한 가지뿐이었다. 어깨에 지고 나르는 것. 귤밭에서 조금 떨어진, 차로 최대한 들어갈 수 있는 곳에 퇴비 포대가 쌓여 있었다. 귤나무 하나당 퇴비 한 포대씩 가져다 놓으면 되었다. 쌀처럼 20kg씩 포장된 퇴비 포대를 어깨에 하나씩 짊어지고 나르기 시작했다. 가장 안쪽부터 채워 나갔다. 힘이 있을 때 가장 먼 곳부터 채우는 것이 나중에 힘이 빠졌을 때 덜 힘들기 때문이다. 귤나무에 퇴비 배급이 시작되었다.

가벼운 짐도 먼 거리를 가면 힘이 든다. 몇 번 나르기 시작하자 이마에 땀이 송골송골 맺히기 시작했다. 딱 알맞게 저 멀리서 조금 쉬었다 하자는 소리가 들려왔다. 창고 같은 건물에 모여 잠시 쉬고 있으니 참이 들어왔다. 밭에서 일할 때 가장 좋은 것은 주인이 내어오는 참이다. 출출해지는 시간, 점심 먹기 전과 점심 먹고 난 후 휴식 시간에 참을 먹는데, 보통은 빵과 우유를 먹는다. 그런데 오늘은 막걸리와 함께 부침개와 국수가 나왔다. 땀 흘리고 먹는 막걸리 맛이 너무나 달고 입에 착 감겼다.

제주도의 특산물은 귤이다. 그렇기에 귤나무는 제주에서 매우 흔하다. 이전엔 잘 몰랐지만, 아니 관심이 없었지만 퇴비 주는 일을 하고 나니 그때부터 귤나무만 눈에 들어왔다. 어디를 가나 귤나무가 눈에 들어왔다. 서귀포 쪽으로 가는 길에 심긴 가로수까지 귤나무인 것을 확인했다. 일정한 거리를 두고 밭에 심긴 나무들이 대부분 귤나무인 것도 알게 되었다. 무언가에 관심을 가지면 그것만 보인다. 차를 갓길에 세우고 큼지막하게 열린 귤을 따는 모습도 제법 보였다. 귤을 따지 말라는 표지판이 있음에도 불구하고. 나중에 알고 보니 그 나무에 열린 귤은 하귤이었다. 여름에 난다고 해서 '하귤'이다. 일반 귤보다 크지만, 맛은 썩 마음에 들지 않았다.

제주도 귤은 종류가 상당히 다양하다. 귤을 특별히 좋아하지 않던 나는 귤 종류가 이렇게 다양한지 처음 알았다. 내가 흔히 접했던 것은 밀감이라고 하는 극조생귤이었다. 그 외에도 천혜향, 황금향, 레드향,

한라봉, 하귤까지 귤이 이렇게 다양하고 맛있다는 걸 제주에서 생활하면서 알게 되었다.

한번은 가족들과 귤 따기 체험에 참가한 적이 있다. 귤을 담을 상자와 과수를 따는 전용 가위만 있으면 되었다. 손 닿는 높이에 달린 귤은 아이들이 따기에도 어렵지 않았다. 다만 주의할 점은 줄기가 다치지 않게 귤만 따야 한다는 것이다. 그리고 귤의 꼭지가 튀어나오지 않게 귤에 바짝 붙여서 잘라야 한다. 바짝 자르지 않아 꼭지가 튀어나오면 다른 귤에 흠집이나 상처를 내서 못 먹게 되는 경우가 많기 때문이다. 귤에 상처가 나면 썩어서 다른 귤까지 버려야 하는 상황이 발생할 수도 있다.

우리가 마트나 시장에서 사 먹는 과일은 몇 차례에 걸쳐 선별된 과일이다. 먹음직스러운 색과 동글동글한 외형의 검증된 과일이다. 한마디로 잘생기고 이쁜 놈들이다. 외모가 검증된 녀석들이다. 둥글지 않고 모나거나, 표면에 흠이나 상처가 있으면 상품에서 제외된다. 가치가 없어지기 때문이다. 이런 과일은 흠과(흠이 있어 상품으로 판매할 수 없는 과일)라는 이름을 달고 싸게 팔리거나, 과즙 또는 다른 가공품을 만드는 데 사용된다.

일반적으로 마트나 장터에서 물건을 고를 때 겉모습을 보고 맛을 판단한다. 보기 좋은 떡이 맛도 좋다고, 보통 크고 색깔이 선명하고 잘생긴 과일이 비싸게 팔린다. 그렇기에 시간이 지나 생기를 잃어 가는 과일은 싸게 팔린다. 나도 늘 그렇게 물건을 골랐다.

어찌 보면 과일도 사람처럼 첫인상이 중요한 셈이다. 하지만 사람은 알아 가면서 겉모습보다 속을 더 보게 되지만, 먹는 과일은 속을 알 수 없다. 그러니 맛보다는 모양을 더 중요하게 생각하는지 모르겠다. 그렇게 걸러진 흠과는 농장주에게는 참으로 아픈 손가락이다.

배송이 아니라 여행이었다

'마라도 선착장까지 2시간 걸린다고?'

제주도 동쪽 끝에서 서쪽 끝까지 가는 길이 유달리 멀게 느껴졌다. 부산에서 서울까지 4시간, 속초까지는 5시간이 걸린다. 육지에 있을 땐 2시간 정도는 크게 먼 거리가 아니었다. 회사에 출퇴근할 때도 한 시간 이상씩 걸렸다. 하지만 제주도에서는 아무리 멀어도 2시간이면 어디든 갈 수 있다. 북동쪽 끝에 살던 우리에게는 반대쪽 끝인 마라도 선착장이 가장 먼 곳이었다. 방어 축제가 마라도 선착장에서 열린다는 얘기를 듣고 가족과 함께 가 보기로 했다.

제주도에서 가장 먼 거리여서일까. 마치 부산에서 속초에 가는 것처럼 멀게 느껴졌다. 여행의 즐거움도 잠시, 뒷좌석에 앉아 신나게 웃음꽃을 피우던 삼

남매의 목소리가 잘 들리지 않을 만큼 앞만 주시하며 달렸다. 조금이라도 일찍 도착하고 싶은 마음으로 운전에 집중했다. 주변 소리나 풍경은 들리지도 보이지도 않았다. 목적지까지 가는 것이 중요했다. 얼른 도착해서 쉬거나 그곳에서 조금이라도 더 편하게 시간을 보내고 싶어 액셀을 밟았다. 목적지에 빨리 도착하는 것이 중요하지 가는 길이나 과정은 중요하지 않았다.

산을 탈 때도 비슷했다. 정상만 바라보고 걸었다. 정상에 도착해 만끽하는 순간을 위해 잠깐의 휴식시간도 아끼며 걸었다. 무조건 빨리 걸었다. 아이들과 산을 오를 때는 재촉하기 바빴고, 힘이 들어 중간에 포기하겠다고 할 때는 괜히 왔다며 툴툴거렸다. 그러니까 걷는 과정을 전혀 즐기지 못했다.

그랬던 사람이 가구 배송일을 하면서 생각이 바뀌었다. 봄이 가고 천천히 여름이 찾아드는 청렴한 5월이었다. 가구 공장 창고 너머로 구름 한 점 없이 펼쳐진 파란 하늘에서 태양이 쨍하게 내리쬐었지만 무덥지 않았다. 딱 여행 떠나기 좋은 날이었다.

주인을 찾아가는 가구가 1톤 트럭에 가득 실려 있었다. 트럭 뒤로 넘실거리는 적재 물건이 꼭 산타가 싣고 다니는 썰매처럼 보였다. 산타가 되어 선물을 전해 주러 가는 기분이었다. 선물을 나눠 주러 가는 곳이 제주의 어떤 모습을 보여 줄지 기대되었다. 유명한 장소 외에 아직 가 보지 않은 제주의 숨은 장소를 찾아가는 일은 내게 작은 즐거움을 안겨 주었다. 세계 곳곳을 방문하는 산타의 심정도 이럴까. 물건을 전달하는 것보다 숨은 명소를 발견하는 즐거움이 더 크게 느껴졌다. 일이 즐거워졌다. 제주는 내가 생각하는 것보다 훨씬 넓었다. 제주 시내를 벗어나면 더 큰 자연을 만날 수 있었다.

제주도에는 고속도로가 없다. 빼어난 제주의 경치를 그냥 지나치지 말고 감상하라는 의미일지도 모르겠다. 그리고 터널도 없다. 제주도 한가운데 우뚝 솟은 한라산의 1100고지 산길을 고스란히 느끼며 지나가거나 산을 둘러 가야 한다. 가끔은 구불구불한 산길과 가파른 지형보다 편하게 가로지르는 터널이 있으면 좋겠다는 생각이 들 때도 있다. 하지만 그러다가도 한라산을 지나칠 때면 하늘과 맞닿은 수

평선과 아름답게 펼쳐지는 풍경에 가슴이 뜨거워진다. 그 광경이 신비롭기 그지없다.

'유라시아 초원에 가면 이런 느낌일까?'

이런 순간들 덕분에 제주의 풍경을 눈으로 확인하며 배송하는 일이 즐거웠다. 배송일도 제주에서라면 천국이지 않을까 싶었다. 조금이라도 더 빨리 가고자 앞만 보고 달리는 고속도로와 달리 다양한 모습을 간직한 제주의 길을 달리는 일은 큰 기쁨이었다. 제주에 고속도로와 터널이 없다는 사실이 새삼 감사하게 느껴졌다.

운전직을 해 볼까

가만 생각해 보니 나는 운전을 좋아했다. 제대 후 대학 생활을 하는 동안 차를 몰았다. 아버지가 지하철이 훨씬 편리하다며 집에 차를 두고 출근하시면서 아버지 차를 차지하게 되었다. 혼자만의 공간, 내 마음대로 어디든 자유롭게 갈 수 있다는 사실이 좋았다. 학교와 집을 오가는 게 전부였지만 그것만으로도 운전의 묘미를 충분히 느낄 수 있었다.

한 번씩 친구들과 여행을 떠날 때는 자진해서 운전하기도 했다. 좌석에 앉아 가만히 있는 것보다 직접 운전하는 것이 재미있고 시간도 잘 흘러갔다. 어릴 적부터 멀미가 심했지만 운전할 때만큼은 멀미에서 자유로웠다. 이유는 모르겠지만 운전할 때 더 마음이 편했다.

가구 배송을 하면서 그동안 잊고 있던 운전의 재미와 제주의 자연을 찾아다니는 즐거움이 더해져 배송일이 매력적으로 다가왔다. 배송 업무는 운전이 많은 부분을 차지한다. 일하는 시간 중에 이동하는 시간이 더 많다. 목적지에 도착하면 감상의 기쁨은 잠시 접어 두고 단단히 묶은 끈을 푼다. 일하면서 알게 되었는데 배송할 때 가장 힘든 점은 무거운 매트리스나 혼자서 들기 힘든 소파, 식탁을 나르는 일이 아니다. 단층 주택이라면 상관없지만 엘리베이터가 없는 아파트나 빌라는 물건을 들고 계단을 올라가야 한다. 오래된 건물은 계단이 좁기에 물건을 들고 계단을 오르기가 쉽지 않다. 통로가 좁은 현관이나 방까지 가는 것도 보통 일이 아니다.

요즘에는 가전이나 가구 사이즈가 점점 커지고 있다. 침대만 하더라도 싱글, 슈퍼싱글, 더블, 퀸, 킹, 라지킹까지 사이즈가 다양하다. 심지어 라지킹보다 더 큰 제품도 있다. 그에 반해 오래된 건물의 현관과 통로 사이즈는 그대로다. 바뀐 게 없다. 그래서 비좁다. 덩치가 커진 침대, 식탁, 소파를 좁은 문과 'ㄱ' 자로 꺾인 통로를 통과해 옮기기가 힘들다. 세우거나 눕히거나 이리저리 비틀어야 한다. 흠집이라도 나면 곤란하기에 진땀을 빼며 방향을 맞춘다. 마지막에는 힘을 써 가며 부딪치거나 떨어뜨리지 않게 조심조심 짐을 내려놓는데, 이 순간이 가장 중요하다. 아무 문제 없이 제대로 된 물건을 제 위치에 잘 안착시키면 90퍼센트는 끝이 난다.

하지만 그렇게 고생한 보람도 없이 불량이 생기기도 한다. 물건 자체가 불량인 경우다. 모든 일이 그렇겠지만 힘들여 해 놓은 일이 물거품이 되거나 원상 복구해야 할 때는 힘이 쫙 빠진다. 일한 보람이 사라진다. 도로 가져가야 하는 것은 물론이고, 제대로 된 제품을 다시 가져와야 한다는 생각에 머리가 어질해진다.

그런데 그보다 더 난처한 상황은 하자 있는 물건이 배달되었을 때, 손님들의 원성과 원망을 묵묵히 받아내야 하는 점이다. 어찌 보면 배송 기사는 말 그대로 제품을 배달하는 사람이다. 그날그날 제품과 배송 주소를 받아 제품을 가져다주는 게 전부다. 하지만 고객들은 눈앞에 있는 사람에게 화풀이하곤 한다. 이럴 때는 정말 당황스럽다. 판매처와 잘 해결되면 좋겠지만 그렇게 안 될 때는 판매자와 소비자 사이에서 입장이 참 난처할 때가 많다.

자주 있는 일은 아니지만 일일이 박스를 뜯어 확인할 수도 없으니, 불량품이 잘 걸러져서 완제품이 잘 전달되기를 바랄 뿐이다. 그런 점에서 제대로 된 물건을 잘 전달해 주는 것은 더 큰 기쁨을 준다.

관점에 대해 생각하다

봄이 시작되면 제비가 날아온다. 지난해 겨울이 오기 전에 떠난 제비와 같은 제비인지는 모르겠지만, 어떻게 알고 남겨 놓고 간 집을 찾아와 자리를 잡는다. 검은 깃털과 검은 날개는 가뜩이나 왜소한 몸을 더 작아 보이게 만든다. 하늘을 나는 모습은 행글라이더 같다. 날갯짓을 하는 게 아니라 그냥 날개를 쫙 펼친 채 바람을 탄다. 올해도 어김없이 제비가 찾아왔다. 잠시 다녀가는 제비에 눈이 많이 가지만 가까이에서 본 적은 없었다.

가구 배송을 마치고 돌아온 어느 날, 창고 앞에서 창 하나를 두고 제비와 마주쳤다. 소리치는 제비. 자세히 보니 이중창에 갇혀 빠져나오지 못하고 울고 있었다. 창틀 사이에 갇혀 오고 가지 못하고 있었다. 위쪽에 빠져나갈 구멍이 있지만 너무 높았고, 제비가 날갯짓할 공간은 부족했다. 날갯짓하다가 창과 가림막에 부딪혀 힘이 빠진 제비는 소리치고 있었다. 사람이 다가오는 소리에 더 놀라 이리저리 피하고 있었다. 제비에게는 갇힌 상황보다 사람이 더 위협적이었나 보다. 어떻게 도와주고 싶었지만 지켜보는 것말고는 달리 방법이 없었다.

어쩌면 처음 본 제비 모습에 더 정신이 빼앗겼는지도 모르겠다. 몸짓과 달리 둥근 얼굴과 좌우로 넓고 뾰족한 부리가 매력적이었다. 언제 또 이런 기회가 올까 싶어 한참을 바라봤다. 그 뒤로 일에 쫓겨 신경 쓸 겨를이 없었지만, 다시 찾아보지 않았다. 혹시나 하는 마음에 확인할 수가 없었다. 마음으로나마 잘 빠져나갔기를 바라는 수밖에 없었다.

물건을 배송할 집 앞에 도착하니 '왈왈! 왈왈!' 개 짖는 소리가 들렸다. 주차하고 나오니 눈에 보이지 않는 개들까지 여기저기서 짖는 소리가 들리더니 이내 온 동네가 시끄러워졌다. 대부분 집주인이 나오면 조용해지는데, 간혹 막무가내인 녀석들이 있다. 주인과 가깝지 않은 사이인 것을 눈치챈 것일까. 아니면 동물을 좋아하지 않는 사람이란 걸 안 것일까. 곁에 있는 동안 멈출 기세가 없다. 다행히 줄에 묶여 있지만 불안하다. 어떻게 반길 방법은 없는 걸까. 괜히 내가 불청객이 된 것 같아 기분이 좋지 않다. 선물을 한 아름 안고 가는 입장에서 마음에 들지 않는다.

동물을 좋아하지 않는 나로서는 개 짖는 것이 달갑지 않다. 한두 번은 그러려니 했지만 무한 반복되니 나 역시 괜히 감정이 상하곤 했다. 같이 으르렁거리기도 하고 겁을 줘 보기도 했다. 그러나 상황은 바뀌지 않았다. 개는 더 짖어댔고, 나는 감정이 더 격해지는 악순환만 되풀이될 뿐이었다. 그냥 무심히 넘기는 것이 상책이었다.

그러다 보니 강아지도 별로 좋아지지 않는다. 어떤 날은 집 근처에서 달리기하다 갑자기 나타난 강아지를 보고 깜짝 놀란 적도 있다. 늘 그런 건 아니지만 한두 녀석이 근처만 지나가도 짖는 경우가 있다. 깜짝 놀라는 일이 반복되자 움츠러들게 되고 괜히 신경 쓰인다. 아무리 좋게 생각하려 해도 쉽지 않다. 감정이 동요되지 않는 무심함을 갖추려면 어떻게 해야 할까.

그러다가 문득 창에 갇혀 있던 제비가 생각났다. 빠져나오려고 애쓰다가 기진맥진한 제비는 내가 다가가자 더 필사적으로 경계하는 울음소리를 냈다. 하지만 그 움직임과 소리가 별로 위협이 되지 않았기에 나는 딱히 신경 쓰지 않았다. 반면, 개들은 크고 위협적이기에 반사적으로 위축되고 신경이 고조되어 예민해진다. 말싸움에서 목소리가 큰 사람이 이기는 것처럼 말이다.

'경계와 경고는 받아들이는 관점에 따라 다를 수 있다.'

어쩌면 동물들에게는 사람이 다가오는 것이 위협적으로 느껴지겠다는 생각이 들었다. 모르는 사람이 가까이 다가오면 두려워서 짖는 것일 수 있겠구나 싶었다. 그러면서 코로나19 사태 이후 우리 집에 방문하는 사람들에게 호의적이지 않았던 내 모습이 떠올랐다. 소리 내지는 않았지만 반갑지 않았다. 달

가워하지 않는 모습에 그분들도 괜스레 마음이 불편했겠다는 생각이 들었다. 우리 집에 방문하는 이들에게 좀 더 호의적으로 대해야겠다는 생각이 든다. 웃으며 여유를 가져야겠다.

나눔을 전달받았습니다

"딩동! 택배 왔습니다."
"와, 택배 왔다!"

택배가 도착했다는 소리에 신난 아이들과 함께 문 밖으로 나왔다. 사과였다. 과일 중 제일 많이 먹는 사과 한 상자가 왔다. 아내가 뒤이어 나와 음료수를 하나 건넸다. 아내는 택배 기사들에게 음료수를 건네며 감사 인사를 전한다. 가끔 그 음료가 내가 아껴 둔 커피라는 것을 알고 소스라치게 놀랄 때가 있다. 그럴 때면 아내가 미워진다. 게다가 항상 음료수를 주는 아내가 이해되지 않았다.

'아! 내 커피!'

배송하면서 제일 기억에 남는 일을 묻는다면, 고양

이 똥 커피와 식빵이라고 말할 것 같다. 고양이 똥이라 불리는 커피의 맛이 특별해 기억에 남는 것이 아니다. 더운 여름날, 이른 아침부터 바쁘게 움직여 찾아간 첫 번째 배송지에서의 일이다. 무거운 안마 의자를 두 명이 힘겹게 나르고 돌아서는데, 아주머니가 시원한 차라도 한잔하고 가라며 권했다. 배달할 곳이 유난히 많은 날이라, 극구 사양했지만 안마 의자를 설치하는 동안 미리 음료를 준비해 놓은 상태라 마지못해 잠시 자리에 앉았다.

아침을 못 먹은 까닭인지 시원한 커피가 유난히 달콤하게 느껴졌다. 구운 식빵과 함께 먹는 맛도 좋았다. 커피가 맛있다는 얘기에 아주머니는 고양이 똥 커피라며, 사향고양이가 먹고 뒤로 내놓은 커피라고 했다. 매우 귀한 커피 원두인데, 무역업을 하는 아들이 올 때마다 한 번씩 사 온다고 했다. 고양이가 커피 열매를 먹는다는 특이한 얘기를 어디선가 들은 것 같기도 했다. 커피가 만들어지는 과정이 딱히 유쾌하진 않았지만, 모르고 먹어서 그런지 맛도 괜찮고 속도 그럭저럭 나쁘지 않았다. 귀하다는 얘기에 안심했는지도 모르겠다. 어쨌든 커피와 함께

아주머니의 아들 자랑이 더해진 작은 베풂이 오래
도록 기억에 남아 있다.

가만히 생각해 보면 나는 모든 이에게 친절을 베푸
는 사람이 아니었다. 경계가 분명했다. 누군가 우리
집을 방문하면 어떤 목적으로 찾아왔느냐에 따라
그들을 대하는 태도가 달라졌다. 나와 우리 가족을
만나기 위해 오는 사람과 집에 물품을 전달하거나
점검 및 수리 등을 이유로 찾아오는 사람들을 대하
는 방식이 달랐다. 나와 관계가 없는 사람에게는 친
밀감을 표현하지 않았다. 물론 성격 탓이기도 했다.
내성적이고 먼저 다가가는 성격은 아니기 때문이다.
문제를 해결해 주는 것이 고맙기는 하지만 금전적
으로 해결된 부분이기에 다른 부분은 생각하지 못
했다. 물을 권하거나 음료를 대접하는 일은 생각지
도 못했다. 업무적인 것은 업무적인 태도로 끝냈다.
간단한 감사 인사로 끝이었다.

그래서 종종 아내가 준비해 둔 음료가 없다며 사 오
라고 부탁할 때면 툴툴거리며 마지못해 사 오곤 했
다. 아내는 늘 정이 없다는 말로 나의 불편한 심기

를 건드렸다. 지금 생각해 보면 정곡이 찔려 발끈했던 것 같기도 하다. 아무도 모르게 감추어 둔 비상금을 들키기라도 한 것처럼 말이다. 먼저 주어야 받을 수 있다는, 내가 베푼 호의가 나에게 돌아온다는 사실을 머릿속으로는 백번 이해하고 있음에도 현실에서는 적용하지 못하고 있었다.

그런데 배송 일을 하면서 알게 되었다. 배송을 마쳤지만 물 한 잔 권하지 않는다고 억울하거나 기분이 상하지는 않았다. 때로는 부담스러워 사양하기도 했다. 일하면서 별로 중요하게 생각하지 않았기 때문이다. 하지만 이 일을 하면서 사소한 행동 하나가 상대방에게 매우 감사하고 기쁜 일이 된다는 사실을 깨달았다. 해도 되고 하지 않아도 되는 호의지만, 작은 마음에 감사가 느껴지고 보람을 발견할 수 있었다. 그 마음을 이어받아 기쁜 마음으로 다른 집에 향할 수 있었다.

그때부터 배송 일을 그만둘 때까지 유심히 지켜보게 되었다. 처음 보는데도 불구하고, 오늘이 아니면 언제 다시 만날지 모르거나 혹은 영영 볼일이 없는 사이인데도 작지만 기억에 남을 호의를 베푸는 이유가 무엇일까? 아내가 떠오르면서 나에게는 없는 것이 무엇인지 생각해 보게 되었다.

남을 배려하는 마음, 나에게 당장 돌아오지 않더라도 언젠가 돌고 돌아 다시 오리라는 믿음, 나의 작은 호의가 다른 이에게 전해져 주위를 조금 더 따뜻하게 만든다는 희망이 느껴졌다. 그러면서 다짐했다. 나를 만나는 사람들이 모두 밝고 행복할 수 있다면, 우리 집을 찾은 이들이 웃을 수 있다면 그 마음을 계속 이어 나가기로.

어느 날 세면대의 터치식 물 빠짐 장치가 고장 났다. 이리저리 눌러 봤지만 어떻게 해야 할지 몰라 설비하시는 분에게 전화했다. 저녁에 들르겠다고 했다. 냉장고 문을 열어 보니 대접할 음료가 없다. 천천히 집을 나섰다.

'어떤 음료가 좋을까?'

일 없는 날의 일상

일을 구하지 못하거나 인력시장에서 허탕 치고 집으로 돌아온 날에는 왠지 미안한 마음이 들었다. 괜히 집에 들어가기가 꺼려졌다. 보통 이럴 땐 걱정이 앞섰는데, 이왕 쉬게 된 거 가족과 즐거운 시간을 보내기로 했다.

날씨가 좋을 때면 종종 오름을 찾았다. 오름에 올라가 마주하는 하늘과 풍경은 놀라움을 자아냈다. 건물과 건물 사이로 손바닥만 한 좁은 하늘을 마주하던 때와 다르게 끝없이 펼쳐지는 하늘에 감탄사가 나왔다. 더 높이 오를 곳 없는 바벨탑 꼭대기에 올라 하늘 가까이 다가간 것 같았다.

그때의 기억을 잊을 수 없다. 이제껏 본 적 없는 파란 하늘과 저 멀리 바다 넘어 수평선까지, 과연 어디까지 볼 수 있을지 눈에 불을 켰다. 예술 작품을 감상하는 것처럼 오랫동안 그 자리에 멈춰 자연의 신비를 눈에 담았다. 지금껏 같은 하늘 아래에서 살았으면서도 모르고 있었다니, 안타까울 뿐이었다. 그 아쉬움에 더 자주 오름을 찾았다. 날씨나 계절에 따라 바뀌는 자연의 색깔은 매번 신비로웠다. 나는 그렇게 자연의 놀라움에 감탄했다. 하늘을 올려다보는 것이 좋았다. 청명한 하늘에 붓으로 그려 놓은 듯한 하얀 구름이 거대한 상영관처럼 눈앞에 펼쳐졌다. 어떤 것도 방해하지 않는, 세상에서 가장 큰 상영관에 앉아 멋진 영화를 감상하는 기분이었다.

이전까지는 등산의 즐거움을 몰랐다. 소풍이나 야유회에서 진행하는 산행을 이해하지 못했다. 올라가야 하는 상황이니 이왕 오르는 거 빨리 정상에 도착해 쉬고 싶다는 마음뿐이었다. 마치 군인이 된 것처럼 정상 탈환이 목적이었다.

그랬던 내가 아이들과 함께, 때로는 혼자 제주의 수많은 오름을 오르기 시작했다. 지금껏 산에 올랐던 것보다 제주에서 사는 1년 동안 더 많이 산에 올랐다. 그 덕분에 산이 좋아졌다. 무엇보다 오름의 힘이 컸다.

제주의 오름은 분화구가 있는 화산이다. 분화구를 중심으로 원추 모양으로 형성된 산이라 오르기가 수월하다. 내륙에 있는 산들은 산맥을 타거나 계곡을 거슬러 올라가기에 길이 가파르거나 험한 곳이 많다. 언젠가 오름 정도로 생각하고 내륙에서 아이들과 산에 갔다가 험한 코스를 만나 애 먹은 적이 몇 번 있었는데, 그에 비해 제주의 오름은 높지도 않고 길도 편해 아이들이랑 오르기에 수월하다.

오름은 고도가 높지 않은데도 경치가 좋다. 주변에 가리는 것이 없어 주변을 내려다보는 재미가 있다. 저 멀리 해안과 수평선 그리고 반대쪽에는 한라산이 보인다. 앞뒤 좌우로 펼쳐지는 자연의 파노라마는 영화관의 큰 스크린처럼 보는 재미가 있다. 펼쳐진 제주의 풍경이 숨은그림찾기로 바뀌는 순간이다. 그러니 오름을 찾지 않을 수 없었다.

숨은 보물을 가득 담고 있는 제주가 더 애틋해진다.

미세먼지로 둘러싸인 하루

연일 미세먼지로 온 나라가 떠들썩하다. 몇 해 전만 해도 봄철 황사에 마스크를 착용해야 하니 마니 했는데 이제는 황사를 뛰어넘는 미세먼지가 덮쳤다. 중국발 미세먼지가 계절을 가리지 않고 찾아왔다. 미세먼지가 심한 날에는 밖에 나가지 않는 것이 좋겠다는 얘기에 온 창문을 꼭꼭 틀어막았다.

집 안에만 있는 날은 감옥에 갇힌 것만 같았다. 나와 아내는 괜찮지만, 갓난아기와 아직 어린 아이들을 생각하면 신경 쓰일 수밖에 없었다. 그렇게 우리는 집에 갇히는 날이 많아졌다. 거기에 처음 써 보는 마스크가 불편했던 아이들은 답답함에 벗어 던지기 일쑤였다.

환경 위기라는 단어가 눈에 띄게 늘었다. 환경에 대

한 관심이 어느 때보다 높아졌다. 아이들은 한참 밖에서 뛰어놀아야 하는 나이지만 '미세먼지 때문에 오늘은 못 나가'라고 말하는 일이 잦아졌다. 언제까지 집에 갇혀 있어야 하는지 알 수 없는 상황에서 선택해야 했다. 미세먼지에 바깥 활동을 포기할지, 아니면 이 사회 현상에 적응해 나갈 것인지. 인간은 환경에 적응하는 동물이다. 스모그, 황사, 미세먼지 이런 것들이 어쩌면 모두 같은 것일지도 모르는데 괜히 유난을 떨고 있다는 생각이 들기도 했다.

그러면서 해야 할 일과 약속이 미세먼지 때문에 자꾸 미뤄진다는 사실에 하루하루를 도둑맞고 있다는 생각이 들었다. 어차피 계속 지속될 거라면 하루빨리 적응하는 것이 낫겠다 싶었다.

그즈음에 철거 일을 접했다. 고깃집으로 운영되다가 폐점한 곳인데 일부는 철거하고 천장만 남은 상태였다. 60평 정도 넓은 공간으로, 초보자인 내가 볼 때 천장만 철거하는 작업은 어려워 보이지 않았다. 천장을 철거하는 일에는 여러 위험이 존재하는데, 그때는 알지 못했다.

사실 일용직은 미세먼지와 별 상관이 없다. 미세먼지 때문에 일이 취소되거나 미뤄지지는 않는다. 천장을 철거하면서 그동안 나 혼자 유난스레 미세먼지에 민감하게 반응했다는 생각이 들었다. 일을 시작하기 전에 방진 마스크를 받았다. 철거는 말 그대로 뜯어내는 일이기에 분진이 많이 발생하기 때문이다. 나무, 철, 석고보드 등이 부서지면서 가루가 많이 날리는데, 특히 석고 보드에서 발생하는 가루가 많았다. 그곳 천장은 두꺼운 석고 보드가 두 장씩 마감되어 있었다.

그렇게 천장을 떼어 내자 실제 건물 뼈대인 시멘트 천장과 배관과 전선, 천장형 에어컨이 드러났다. 요즘은 비용 절감을 위해 천장 마감을 하지 않고 그대로 두는 곳도 많은데, 보통은 배관과 전선 또는 천장 에어컨이 노출되지 않도록 천장을 따로 만든다. 일본 말로 덴죠라고도 하는데, 그것을 뜯어내는 작업이었다.

철거도, 천장 뜯는 일도 모두 처음이었기에 무작정 뜯어내는 수밖에 없었다. 하지만 손이 닿지 않는 천장을 뜯어내는 일은 쉽지 않았다. 사다리를 타고 올라가 두 겹으로 고정된 석고 보드 천장의 한군데에 구멍을 뚫은 다음 무작정 잡아당겼다. 순식간에 우드득하며 부서져 떨어졌다. 부서진 석고 가루와 먼지가 날리기 시작했고, 일이 진행될수록 작업 공간은 암흑천지가 되었다.

잠시 쉬러 밖에 나온 내 모습은 온통 하얀 가루로 뒤덮여 있었다. 머리와 어깨에 하얀 가루가 소복이 쌓였고, 내부는 한 치 앞도 잘 보이지 않았다. 미세먼지로 시끄러운 바깥세상과 달리 이곳에서는 미세먼지는 문제도 아니다. 미세먼지보다 더 심각하게 사방이 흐릿하고 뿌옜다. 결국 밖으로 통하는 창문과 문을 다 열었다.

시간이 지날수록 방진 마스크가 흐르는 땀방울로 코와 입에 밀착되어 점점 숨쉬기 힘들고 답답했다. 그래도 주변 상황을 고려해 꼭꼭 눌러 썼다. 천장에 붙은 석고 보드를 억지로 뜯어내기 위해 힘을 사용하는 것보다 앞이 보이지 않는 먼지와 그로 인한 호흡 곤란이 더 힘들었다. 식사 시간이 되어 방진 마스크를 벗자 코 부위가 까맸다. 하얀 마스크가 시커 멓게 바뀐 것을 보니 공기가 좋지 않다는 사실을 더 실감할 수 있었다. 모르긴 몰라도 이곳 공기가 바깥 공기보다 좋지 않다는 것이 확실해 보였다.

다른 사람들은 괜찮은 것일까. 모두 맡은 일이기에, 먹고 살아야 하기에 아무 말 없이 해내고 있다는 생각이 들었다. 그들에게 미세먼지는 아무것도 아니었다. 뉴스에서 떠들어 대는 미세먼지 소식에 그저 코웃음을 칠 것 같다는 생각이 들었다. 미세먼지는 문제가 아니었다. 그들은 그저 주어진 상황에서 자기 일에 최선을 다하고 있을 뿐이었다. 그동안 미세먼지가 심하다며 예민하게 굴었던 나 자신이 조금 부끄러웠다.

내가 해냈거나 잘하는 일에도
모두 처음이 있었다는 것을.

모두 다 처음인데,
처음이라는 이유로 망설이고
괜한 고민에 빠졌던 날들이 생각났다.

사실은 결혼도, 직장 생활도, 퇴사도,
제주도로 옮겨 온 것도,
일용직 일도 모두 처음이었다.

지금껏 해 온 일이 모두 처음이었는데,
그동안 한 번도 그런 생각을 해 보지 않았다.

일용직이면 어때

PART 3

영천에서, 잘 살아갑니다

나는 매일 꿈을 꿉니다
슬퍼도, 기뻐도
아름다운 꿈
꿈은 그대로 삶이 됩니다

·이해인·

멀쩡한 쓰레기

거처를 옮겼다. 2년간의 제주 생활을 마치고 다시 육지로 나왔다. 영천에서 가까운 한 시골에 터를 잡았다. 제주에서의 기억이 계속 떠올라 향수를 일으켰다. 제주와는 달리 혼탁해 보이는 하늘 때문에 더 그리웠던 것 같다. 무엇이든 떠나고 나면 아쉬움이 남는다. 있을 때 더 잘 지낼 걸 하고 말이다.

"저녁에 시간 있나?"
"놀면 뭐 하나? 나와서 일 좀 해라."

대구에서 철거 일을 하시는 아버님께 어느 저녁 전화가 왔다. 저녁에 나와서 잠깐 일하며 애들 용돈벌이라도 해 보라는 제안이었다. 대구까지 거리가 제법 되었지만 왕복하기에 어려움은 없었다. 퇴근 행렬이 끝난 늦은 시간이라 뻥 뚫린 도로가 시원시원했다. 막힘없이 대구의 한 백화점에 도착했다. 아버님은 갑작스러운 야간작업으로 인원이 부족해 연락했다고 하셨다.

쉬는 날이 거의 없는 백화점은 영업시간이 끝난 야간에 일해야 한다. 백화점에서 철수하는 매장을 정리하는 작업인데, 도착했을 때는 이미 한쪽에서 물품을 정리하고 있었다. 우리가 할 일은 쓸모없어진 집기나 진열대, 선반을 끄집어내는 것이었다. 끌차를 이용해 엘리베이터에 들어갈 사이즈로 부수거나 잘라서 옮기기 시작했다. 백화점에는 수많은 매장이 입점해 있고 폐업하는 매장도 많았는데, 그에 반해 이용할 수 있는 엘리베이터는 두 개밖에 없었다. 영업이 끝난 시간에도 엘리베이터는 쉴 없이 움직였다.

'이렇게 버려지는 쓰레기는 모두 어디로 가는 걸까?'

멀쩡한 물건이 주인을 잃고 버려지는 것을 보니 아까웠다. 재활용, 재사용이 가능한 제품인 만큼 부수고 분해해 매립지에 버리기보다 다시 쓸 수 있으면 좋겠다는 생각이 들었다.

철거 작업에서는 엘리베이터를 이용해 끌차를 백화점 밖의 2.5톤 덤프로 빨리 나르는 것이 관건이었다. 철거 작업이지만 마치 배달하는 일 같았다. 백화점의 구불구불한 보도와 꽉 막힌 도로 사이를 왔다 갔다 하는 운전자가 되어야 했다. 길이 익숙해지고 운전이 편해질 때쯤 일이 끝났다. 매장은 공터 같았다. 마무리 청소를 끝내고 백화점을 빠져나왔다.

시간은 새벽 2시를 향하고 있었다. 오랜만에 새벽 길을 걸었다. 휘황찬란한 달빛이 환하게 땅을 밝히고 있었다. 피곤하지 않았다. 힘들지도 않았다. 짧고 굵게 재미있는 경험을 하고 돌아가는 느낌이었다.

2.5톤 가득 실린 짐은 아버님의 창고에서 분류된 후에 버려진다고 했다. 나무는 쓰레기 매립장으로, 고철은 고물상으로, 석고보드나 유리나 돌은 폐기물로 버려졌다. 아무리 좋은 물건도 주인을 찾지 못하면 짐이 된다. 철거된 것들은 많은 손을 거쳐 분류

된 후 재활용하거나 재사용되었다.

우리나라 곳곳에 있는 쓰레기 매립장이 꽉 차서 더는 버릴 장소가 없게 될 거라는 뉴스를 본 적이 있다. 매립장을 새로 지으려고 해도 환경단체나 지역에서 심하게 반대해 문제가 많다는 얘기였다. 철거일을 하면서 폐기물을 줄이는 방법이 없을까 생각하게 되었다. 멀쩡한 물건이 폐점이라는 이유로 모두 쓰레기가 되는 것을 보니 안타까운 마음이 들었다. 빠르게 변화를 추구하는 현대 사회에서는 인테리어가 평균 5년마다 바뀐다고 한다. 새롭게 단장한 공간을 좋아하는 것도 이해되지만, 무방비로 버려지는 쓰레기가 너무 많은 것도 사실이다.

쓰레기에 대해 이토록 깊이 생각해 보기는 처음이다. 평소 밖에서 생긴 쓰레기를 아무 곳에나 버리지 않고 집으로 가져오거나 쓰레기통에 버리는 것으로 내가 할 일을 다 한다고 생각했다. 그러나 쓰레기를 잘 버리는 것도 중요하지만 쓰레기를 만들지 않도록 애쓰는 것이 먼저라는 생각이 들었다.

아끼는 것과 아까워하는 것은 다르다

'무슨 사람이 이렇게 많지?'
'다른 일 때문에 온 사람들인가?'

무엇을 옮기길래, 얼마나 짐이 많길래 이 많은 사람이 모였을까. 가정집 이사는 몇 명만 있으면 충분하다. 하지만 상황이 달랐다. 아침 일찍 도착한 공공기관 앞에는 나처럼 이삿짐을 나르기 위해 모인 사람이 족히 서른 명은 되었다.

"이삿짐 일로 온 사람들 모이세요."

이삿짐 일이라고 하길래 가정집이나 사무실 이사를 생각했는데, 도착한 곳은 낡고 오래된 공공기관으로 건물 뒤에 신축한 높은 건물이 우뚝 솟아 있었다. 아직은 완공되지 않았는지 어수선한 분위기였다.

오늘 해야 할 일은 옛 건물의 모든 짐을 새 건물로 옮기는 일이었다. 가정집 이사와는 비교가 안 되게 너무나도 큰 스케일에 정신을 차릴 수 없었다. 끝없이 이어지는 넓은 복도 한쪽으로 방 여러 개가 늘어서 있었다. 지하에서 지상 3층까지 층마다 예닐곱 개의 방이 있었다. 꼭 예전에 다니던 학교 건물을 연상시켰다.

많은 인원이 이리저리 쪼개지고 나누어졌다. 내가 맡은 방은 책상으로 빼곡했다. 둘이서 하나씩 책상을 날라야 했다. 보통 무거운 짐을 나를 때는 손수레를 이용하는데, 건물 밖은 도로가 정비되지 않아 아직 흙길이었다. 즉, 손수레를 사용할 수 없는 상황이라 무조건 손으로 들고 날라야 했다. 최단 거리를 찾아 최소한의 힘으로 빠르게 옮기는 것이 이삿짐 일인데 이곳은 모든 상식이 파괴되는 현장이었다. 효율이 아니라 인원수로 해결하는 곳이었다. 그러다 보니 쉽지 않았다.

3층짜리 옛 건물에는 엘리베이터가 없었다. 처음엔 그 사실을 몰랐다. 엘리베이터가 없다는 것이 어떤 의미인지 미처 알지 못했다. 엘리베이터가 없다는 건 계단 하나하나에 무거운 발자국을 남겨야 한다는 것이다. 엘리베이터가 있으면 몇 걸음 이동하지 않아도 되는 거리를 처음부터 끝없이 계단을 오르내리며 발자국을 남겨야 했다. 그나마 짐을 들고 내려오는 2~3층은 괜찮았다. 문제는 지하였다.

지하에서 짐을 들고 올라오는 일은 몸의 힘이 몽땅 빠져나가는 일이었다. 창고로 활용한 듯 보이는 공간에는 지하 특유의 습한 기운이 서려 있었다. 오랫동안 사용하지 않은 듯 먼지가 수북한 알 수 없는 물건들이 쌓여 있었다. 책과 자료를 비롯해 다양한 물건이 끝없이 쏟아져 나왔다. 그냥 봐도 오랫동안 방치해 둔 물건 같았다.

작업 사흘째가 되자 탈락자가 많아졌다. 힘을 쓰는 일이다 보니 허리 부상자가 여기저기 생겨나기 시작했다. 안 나오는 사람이 늘어나는 만큼 새로 온 인원도 늘었다. 다시 지하 작업. 작업자 중 한 명이 묘 책을 냈다. 그의 아이디어에 따라 작업자들이 지하에서부터 지상까지 길게 줄을 섰다. 사람이 하나씩 짐을 들고 지하에서 지상까지 옮겨 나르지 않고, 길게 줄지어 옮기는 방식으로 바뀠다. 가만히 서서 받은 짐을 옆 사람에게 넘겨주는 것이다. 확실히 힘이 덜 들었다. 하지만 시간은 더 오래 걸리는 것 같았다.

없어져도 아무도 모를 것 같은, 다시는 찾지 않을 물건들을 왜 이리 쓰레기 더미처럼 모아 둔 걸까. 버리기 아까워서, 다른 사람이 사용하지 않을까 하는 생각에 모아 둔 것일까. 그러다 잊혀 쌓일 대로 쌓인 것은 아닐까.

잡동사니로 가득한 창고를 보며 아끼고 모으는 것에 대해 곰곰이 생각해 보았다. 내 옷장에도 언젠가 입을 거라는 생각으로 걸어 놓은 옷이 있다. 나중에 쓸 데 있지 않을까 해서 모아 둔 것이 많다. 그러니까 나도 모으는 사람이었다.

'다음에 다 쓸 일이 있을 거야.'

'그냥 버리기에는 너무 아깝잖아.'

반면, 아내는 버리는 사람이다. 버리는 것을 좋아한다. 필요 없다고 생각하는 것은 과감하게 버린다. 불필요하게 자리만 차지하는 것을 수시로 정리 정돈한다.

"멀쩡한데 왜 버려?"
"안 입으면 버려. 안 쓰면 버려."
"아냐, 나중에 쓸 거야. 남겨 둬."

수시로 나의 영역에 들어와 내 물건인지 확인할 때마다 나누던 대화다. 그럴 때마다 나는 다시 사용할 거라는 확신을 심어 줘야 했다. 하지만 이제 와 생각해 보니 아낀다는 명목으로 너무 많은 것을 집에 모아 두고 있는 것 같았다. 그래서 정말 필요한 것만 남기고 정리하기로 했다. 지금 당장 쓸 일이 없는 것과 아까워서 버리지 못하는 것을 구분해서 말이다.

멀쩡하다는 이유로, 아깝다는 이유로 버리지 못하고 모아 두는 것에 대해 다시 한번 생각하는 계기가 되었다. 다음에 쓸 일이 있을 것 같아 버리지 못하고 쟁여 두는 것보다 꼭 필요한 것만 보관하는 것이 관리하기 좋았다.

아끼는 것과 아까워하는 것은 전혀 차원이 달랐다. 나는 그동안 두 단어를 혼동하고 있었다. 무엇이든 아끼면 아까워하게 되는 것 같다. 써야 할 때 쓰지 않으면 쓰지 못한 아쉬움에 다음을 기약하며 남겨 두게 된다. 물건을 대하는 마음도 조금 바꿔야겠다.

나를 바꾸는 철거 작업

대구 근교로 거주지를 옮긴 후, 아버님을 따라 철거 일을 시작했다. 처음 몇 차례 따라나선 일은 대구에 있는 백화점 내의 매장 철거였다. 백화점이 폐점하는 9시 이후에 들어가 매장을 철거하는 야간작업으로, 비교적 공간이 크지 않은 화장품 매장의 카운터와 하부장과 집기들을 철거하는 일이었다.

백화점 내 매장을 철거할 때 가장 신경 써야 하는 점은 먼지와 분진이 날리지 않게 하는 것이다. 공사하는 동안 따닥따닥 붙어 있는 이웃 매장에 피해가 가지 않도록 조심해야 한다. 그래서 백화점에서는 보통 폐점 후 작업이 진행되고, 공사가 크고 길어지면 별도의 임시 벽을 설치한다.

비교적 가벼운 공사일 때는 해당 층의 엘리베이터

까지 바닥을 보양하고, 천장에서 바닥까지 비닐로 에워싼다. 그런 다음 철거가 시작된다. 매장 전원을 차단하고, 전열 기구를 철거하고, 카운터와 하부장도 빼낸다. 집기도 철거한다. 간단한 철거는 비교적 빠르게 끝나는데, 간혹 새벽까지 진행되는 경우도 있다.

한 달에 두세 번, 가끔 도와주러 가다가 본격적으로 철거 일을 하게 되었다. 그러면서 백화점 철거는 리허설 수준이었음을 깨닫게 되었다. 한번은 노래방 철거 건으로 나흘간 대구에 다녀왔다. 현장이 지하에 있어 작업이 쉽지 않았다. 계단을 오르내려야 하고, 환기가 되지 않는 등 일하기에 악조건이었다. 평소 깔끔 떨기로 유별난 나로서는 이 점이 제일 신경이 쓰였다. 노동보다 유해 물질이나 먼지를 잔뜩 뒤짚어써야 한다는 사실이 더 힘들게 했다.

평소 미세먼지가 심한 날에는 밖에 잘 나가지도 않고 창문도 꼭꼭 닫아 놓았다. 그러다 보니 어떤 때는 집 안이 바깥보다 더워 한증막 같기도 했다. 사방이 확 트인 시골에 살고 있기에 저 멀리 산자락이 미세먼지 농도에 따라 보였다가 사라질 때마다 공기의 중요성을 더 실감하고 있었다. 지하 1층 뿌연 연기로 가득한 작업장은 '내가 무엇 때문에 이 일을 하고 있는가?'라는 질문에 대해 여러 생각을 하게 만들었다.

'그동안 미세먼지로 외출도 참았던 시간이 무슨 의미가 있는가?', '미세먼지와는 비교도 안 되는 이곳에서 일 하루 안 하는 게 미세먼지 심한 날 100번 나가는 것보다 더 나을까?' 하는 생각이 수시로 나를 괴롭혔다. 그러나 하루하루 지나자 이것도 익숙해졌는지, 미세먼지가 심한 날이라도 지하에서 밖으로 나갈 수만 있으면 좋겠다는 생각이 들었다. 미세먼지로 가득한 밖이 천국이었다.

무엇이든 상대적인 것 같다. 날씨도, 기분도, 아픔도, 슬픔도. 지금 내가 처한 상황이 제일 나쁜 것 같지만 그보다 더한 상황에 놓이게 되면 그동안 내가 처했던 상황이 아무렇지 않게 느껴지니 말이다.

지하 1층 계단도 그랬다. 무거운 짐을 들고 온종일

계단을 오르내리고 나니 허벅지가 당겨 왔다. 고작한 층이지만 폐기물을 들고 계단을 100번도 넘게 오르내렸다고 생각하니, 마치 100층까지 올라갔다 내려온 것 같았다. 문득 공공기관 이사하던 날이 떠올랐다. 일하던 당시에는 정말 만만치 않은 작업이었는데 지금 생각하니 별거 아닌 것 같았다.

모든 건 마음 먹기에 달린 것 같다. 겪은 후에야 비로소 그때가 수월했다는 것을 알게 되듯, 조금 더 어려운 상황이 찾아오면 이전의 힘듦과 어려움이 한순간에 괜찮은 일이 된다. 지금 겪는 상황이 힘들어도 결국엔 끝이 있고, 또다시 앞으로 나아간다. 그래서 모든 일을 매 순간 감사하며 감당하기로 했다.

무엇이든 상대적인 것 같다.

날씨도, 기분도, 아픔도, 슬픔도.

지금 내가 처한 상황이 제일 나쁜 것 같지만

그보다 더한 상황에 놓이게 되면

그동안 내가 처했던 상황이

아무렇지 않게 느껴지니 말이다.

작은 책방을 열었습니다

영천의 한적한 곳에 작은 책방을 열었다. 집 근처 오일장이 열리는 길 끝자락에 작은 상가를 얻었다. 읍내라고는 하지만 어르신이 많은 곳이다. '시골에 책 읽는 사람이 있을까?'라는 고민이 있었지만 뒤늦게 배운 도둑질이 무섭다고, 갑작스레 생긴 책 욕심이 책방으로 이어졌다. 나만의 공간, 서재 같은 책방이면 좋겠다고 생각했다. 돈도 벌고, 책도 읽고, 글도 쓰면 더할 나위 없겠다 싶었다.

조그마한 책방이었지만 개인 사업을 하는 것은 처음이었다. 직장 생활만 하던 사람이 사업을 시작하려니 쉽지 않았다. 책방이나 운영에 대해 아는 것이 없어 알아보는 데도 시간이 오래 걸렸다. 사업자는 어떻게 내야 하는지, 책은 어떻게 받아오는지, 모르는 것투성이였다. 이런저런 고민이 깊어질수록 더 답이 보이지 않았다. 그래서 일단 저질러 보기로 했다. 큰 뜻을 품기보다는 소소하게 시작하기로 했다. 새로운 시도가 좋은 경험과 앞으로의 삶에 밑거름이 되어 줄 거라는 믿음으로.

먼저 10평 규모의 작은 상가를 계약했다. 그리고 하나하나 챙겨 가기로 했다. 인테리어도 직접 하기로 했다. 책방에 대해 아는 것이 하나도 없어 쉽지 않았다. 사업자 등록하는 것부터 헤맸다. 책 도매업자를 컨택하는 방법도 모르니 불빛 없는 깜깜한 어둠 속에 있는 것만 같았다. 사업자가 나오고 책 구매가 가능하게 되면서, 본격적으로 셀프 인테리어를 시작했다.

그동안 일용직을 하며 보고 경험했던 일이라 그리 어려워 보이지 않았다. 도배, 조명, 창과 창틀, 가구 배치를 하나씩 하나씩 해 나갔다. 공간 안에 있던 싱크대는 불필요해 보여 아버님 도움으로 철거했다. 도배는 기존 도배지에 페인트를 덧칠하기로 했다. 도색은 마스킹테이프만 조금 세심하게 붙이면 크게 어렵지 않았다. 조명은 인터넷으로 구매하고, 전선

연결은 원터치로 잘 나오기에 예전처럼 전기 테이프나 피복 벗기는 일 없이 간단하게 해결했다. 그리고 밖에서 안이 잘 들여다보이도록 창에 붙어 있던 필름을 떼어 내고 창틀도 색칠했다.

내부에 색을 입히고 조명만 바꾸어도 공간 느낌이 확 달라졌다. 간판은 조명 없이 글자만 새겨 달았다. 간판까지 달고 나니 진짜 책방 주인이 된 느낌이었다. 그렇게 책방 사장이 되었다.

책과 가구는 일사천리로 해결되었다. 가구는 철거일을 하면서 나온 가구를 일부 활용했다. 매번 철거할 때마다 멀쩡한 가구 버리는 것이 아까웠다. 책방을 열기로 마음먹었을 때 우리에게 꼭 맞는 가구가 나왔으면 좋겠다고 생각했는데, 다행히 오래되지 않아 원하던 책장을 구할 수 있었다. 책장에는 많은 책을 진열하기보다는 내가 좋아하는 책을 잘 보이게 놓았다. 책을 많이 구비해 둔 서점보다는 잠시와서 책을 볼 수 있는 공간으로 꾸몄다. 작은 소파와 의자를 마련했고 화분도 가져다 놓았다. 하나하나 직접 정성을 쏟은 까닭일까, 애정이 갔다. 아내의 바람을 담아, 벽 한쪽에는 제로웨이스트 물품도 진열했다. 환경을 생각하는 마음으로 책방을 찾는 이들을 위한 설명과 물품도 배치했다.

책방 주인이 되어 첫 손님을 맞던 날을 지금도 잊을 수 없다. 벌벌 떨며 인사하던 그 순간, 처음 책을 판매하고 노트에 남긴 글, 새로운 시도에서 오는 설렘과 기대와 놀람까지. 하지만 그런 즐거움은 1년을 넘기지 못했다. 넷째의 탄생과 코로나19가 겹쳐 일시적으로 문을 닫게 되었고, 언젠가 다시 책방을 열게 되기를 꿈꾸고 있다. 다시 시작한다면 서점이 아니라, 읽고 쓰고 함께 걸을 수 있는 공간을 만들고 싶다.

마늘 캐기

여름이 시작되면 이곳 마을은 마늘 수확으로 분주해진다. 요즘 시골 생활을 하면서 가장 많이 보는 것이 마늘밭이다. 과일과 채소는 저마다 주산지가 있다. 마늘 하면 의성이 유명하고, 참외 하면 성주가 떠오른다. 토마토는 짭짤이 대저토마토가 유명하고, 사과는 청송과 문경과 안동이 유명하다. 이렇게 시골 마을에는 과일이든 채소든 주력으로 생산하는 특산품이 있다.

영천은 마늘과 포도가 유명하다. 지금 우리 가족이 사는 곳은 마늘 주산지다. 재작년엔 포도 마을에 있었으니 영천의 유명한 산지 두 곳을 경험하고 있는 셈이다. 우리 집은 마을 어귀에서 조금 떨어진 곳에 있는데, 주변이 온통 밭이다. 밭 사이로 한 채 두 채 집이 보이고, 저 멀리 마을 어귀가 보이며, 그 뒤로 팔공산 자락이 솟아 있다. 대기 상태가 좋은 날에는 팔공산 꼭대기에 솟아 있는 통신탑이 뚜렷하게 보인다. 아침 일찍 일어나 통신탑을 확인하는 것으로 하루 날씨가 대략 가늠된다.

6월이면 마늘 수확으로 온 마을이 바쁘다. 일찍 찾아온 더위에도 아랑곳하지 않고 분주하다. 수확 철에는 항상 일손이 부족하다. 이에 마을 주민들은 품앗이로 삼삼오오 모여 수확한다. 한 번 도와주고 나중에 한 번 도움받는 방식이다. 서로 필요할 때 일손을 도와주는 것이다. 평소 친하게 지내는 이웃을 위해 나도 하루 품앗이를 했다. 밭에 나가 보니 외국인 노동자도 많았다. 일손이 부족한 시골에서는 아주 귀한 사람들이다.

마늘 수확은 먼저 바닥에 깔린 비닐을 걷어 낸 후 마늘을 뽑는 방식으로 진행된다. 요즘은 땅속 깊이 심긴 마늘을 일일이 손으로 뽑지 않는다. 경운기 앞쪽에 삼지창처럼 생긴 꼬챙이를 부착해 깊이 박혀 있는 마늘을 털면서 땅 위로 올리면, 한 시간도 채 걸리지 않아 분리 작업이 끝난다. 품이 많이 드는 농사일이 기계를 이용한 쉬운 방법으로 대체되는 것 같다.

마늘을 담을 노란 플라스틱 상자가 밭 여기저기 놓이자 그때부터 본격적으로 마늘 수확이 시작되었다. 마늘 줄기는 전용 가위로 잘라 버리고 마늘만 노란 박스에 담았다. 머리끄덩이를 잡듯이 잘 정돈된 마늘 줄기를 한 움큼씩 잡아 노란 상자 위에서 마늘 윗동을 잘랐다. 가위질 한 번에 마늘이 상자 안으로 통통 털어졌다. 마늘 줄기 잡는 재미를 알아갈 때쯤 어느새 박스가 가득 찼다. 그제야 쪼그려 앉은 다리가 저려오기 시작했다. 오랜 시간 일어서지 않고 쭈그려 앉아 움직이는 할머니들이 대단해 보였다.

햇볕이 내리쬐니 정수리가 뜨거워지고 코끝에는 땀방울이 맺혔다. 목과 등이 태양에 점점 달구어졌다. 여름철 수확의 가장 힘든 순간이다. 마늘은 겨울이 오기 전에 파종한다. 그러다 보니 추수 계절인 가을이 지나면 한산해지는 여느 밭과 다르게 마늘 파종 준비로 어느 때보다 분주해진다. 퇴비를 실은 차들이 쿰쿰한 냄새를 풍기며 이리저리 바쁘게 움직인다. 다른 작물보다 퇴비량이 월등히 많은 까닭에 트랙터로 밭을 갈 때마다 코가 마비되는 것 같다. 퇴비를 듬뿍 준 다음에는 추위에서 보호해 주고 고르게 심기 위해 구멍이 뚫린 전용 비닐을 덮는다. 그리고 그 구멍에 마늘을 심는다.

우리 가족은 집 옆에 놀고 있는 밭을 빌려 작물을 키우고 있다. 도시에서 주말농장을 했던 경험이 큰 도움이 되었다. 감자, 고구마, 토마토를 심고 애호박도 키우고 있다. 주변의 도움을 받아 고랑 두 개에 마늘을 심었다. 마늘의 경우 파, 양파와 달리 모종이 아닌 마늘 한 쪽을 심는다. 겨울이 오기 전에 발목까지 올라온 싹은 추운 겨울을 견딘다. 전 세계적으로 한국의 마늘 생산이 세 번째로 많다는데 거기에 일조하는 것 같아 괜히 뿌듯하다. 그런데 마늘 수출 얘기를 들어본 기억이 없는 걸 보면 우리나라 내에서 마늘을 많이 소비하긴 하는 것 같다.

일손이 줄어들면서 농촌도 점점 기계화되어 가는 것 같다. 사람 손으로 하던 많은 일이 기계로 대체

되고 있다. 밭을 가는 트랙터는 볼 때마다 신기하다. 나의 작은 밭을 삽으로 뒤엎으려면 많은 시간이 필요한데 트랙터를 사용하면 10분도 걸리지 않는다. 농사도 이제는 인력보다 장비가 좋아야 한다. 하루가 다르게 좋아지는 농업용 장비를 보면 신기하다. 개조한 경운기로 밭을 갈고, 고랑을 만들고, 비닐을 덮는 것도 가능하다. 무인 자동차처럼 무인 트랙터의 등장도 충분히 가능성 있어 보인다. 하지만 자급자족을 꿈꾸는 초보 농사꾼에게는 과한 꿈이다.

손수 삽과 호미 괭이를 들고 열심히 나의 품을 쓰고 있다. 작은 텃밭이지만 실제 작물을 재배해 보니 내가 감당할 수 있는 양과 범위가 정해져 있음을 깨닫는다. 농약을 쓰지 않기에 하루라는 시간 내에 밭을 갈거나 잡초를 뽑는 일의 한계가 명확해진다. 기계와 장비를 쓰고 잡초 제거제를 뿌리면 간단하겠지만, 우리가 먹을 것이기에 직접 품을 들여 가꾸어 보기로 했다. 아직은 농업이 힘든 일로 여겨지지만 좀 더 시간이 지나면 주목받는 날이 오지도 않을까.

비를 그리워할 때가 오다니

며칠째 비가 오지 않는다.

아침에 일어나 거실 커튼을 걷고, 창밖으로 보이는 텃밭을 확인한다. 밤사이 비는 좀 내렸는지, 작물에는 어떤 변화가 있는지 눈으로 스캔해 본다. 간밤에 비 소식이 있었지만 비는 내리지 않았다. 겨울이 지나고 봄이 왔는데도 가뭄이 이어지고 있다. 왜 이렇게 비가 안 올까. 올겨울엔 유독 비 없는 날이 계속되고 있다. 이곳 영천에서는 눈도 흔히 볼 수 없는데 이제는 비도 눈처럼 자주 볼 수 없게 되는 건 아닌지 두려워진다. 환경문제인지 점점 비가 소중해지고 있다. 하늘을 쳐다본다. 오늘은, 이번 주에는 비 소식이 있는지 핸드폰을 만지작거린다.

그러다가 문득 과거에 비를 참 많이 싫어하던 학생

이 생각났다. 비가 오는지 안 오는지 확인하기 위해 아침 등굣길에 하늘을 올려다보던 그 소년은 비를 싫어했다. 흐린 날에는 먹구름이 금방이라도 비를 뿌리는 건 아닌지 노심초사했다. 운동장에 나가지 못하는 날에는 아쉬움으로 창밖의 운동장만 바라보고, 비 오는 날에는 점점 커지는 운동장의 물웅덩이만 원망하듯 바라보곤 했다. 비가 많이 내릴 때는 물웅덩이가 마를 때까지 사흘이나 걸렸다.

그 당시 일기 예보는 이상하게 잘 맞지 않았다. 갑작스레 내리는 비에 우산이 없어 흠뻑 젖은 생쥐 꼴이 된 날에는 그러려니 수긍했지만, 우산을 쓰고도 바람이 많이 불어 신발과 무릎까지 모두 젖은 날에는 이상하게 짜증이 났다. 그만큼 비가 싫었다. 고양이처럼 몸에 물이 닿는 게 싫었다. 그렇게 하늘을 쳐다보며 맑아지기를 바라는 수밖에 없었다. 어떤 감성이나 느낌도 없었다. 그렇게 비를 싫어하던 아이가 이제는 비를 기다리는 사람이 되었다.

마늘 줄기 끝이 점점 노랗게 변하고 시들해지는 것 같아서 텃밭에 물을 주었다. 수돗가에서 호수를 연결해 밭에 물을 뿌렸다. 아이들은 밭에 물을 뿌리는 것이 재밌어 보이는지 서로 해 보겠다고 아우성친다.

"내가 먼저 할래!"
"나도 나도!"

장난 가득한 아이들의 물 뿌리기로 비가 오지 않아 건조해진 땅이 촉촉해진다. 작물들도 땅속으로 스며든 물로 목을 축인다.

다음 날 텃밭 한쪽 구석에 물이 차 있는 것을 보고 밤새 비가 왔구나 싶었다. 하지만 나중에 알고 보니 물이 내려온 것이었다. 마늘밭에 물을 대는 날이 있는데, 고랑이 잠길 정도로 가득 물을 받는다. 비가 오지 않아 가뭄이 지속되면 밭에 물을 대려고 저수지에 있는 둑을 연다. 그럴 때 한 번씩 많은 양이 물길을 따라 내려온다. 밭에 물이 필요한 사람들은 이 물을 이용해 밭에 물을 댄다. 물길에서 조금 멀리 떨어져 있는 밭에서는 펌프를 이용해 끌어다 쓰기도 하고, 우리 밭의 경우엔 밭 가장자리에 삽으로 물길만 열어 주면 된다. 그러면 밭에 물이 충분히 고인다.

저수지는 적금 같은 존재다. 비가 많이 내리는 날 비를 모아 놓았다가 가뭄이 심해질 때 적재적소에 물을 공급한다. 그래서 시골에는 곳곳에 저수지가 있다. 대부분 밭에 댈 용수를 해결하기 위한 것들이다. 작지만 농사를 지어 보니 물의 소중함을 더 알게 된다. 그냥 내리는 비도 얼마나 소중한지 알게 된다.

작년부터 아이들도 텃밭에서 식물들을 키운다. 토마토, 오이, 가지, 상추 등 원하는 모종을 사 와 심었다. 도시에 있을 때부터 주말농장을 해서인지 작년부터 자기 땅을 달라고 하더니 식물을 관리하며 키우고 있다. 버거워 보이는 크기의 조리개에 물을 가득 담아 어기적어기적 걸어가 식물에 뿌려 준다. '물 먹고 잘 자라'라며 동생 돌보듯이 대한다. 잡초만 조금 뽑아 줄 뿐 거들어 주지 않아도 혼자서 잘 키워 낸다.

텃밭에서 식물을 키우다 보면 채소와도 가까워진

다. 전에는 가리지 않고 잘 먹던 아이들이 자라면서 점점 음식을 가렸다. 채소를 멀리했다. 몸에 꼭 필요한 영양소라고, 골고루 잘 먹어야 아버지처럼 멋있고 잘 큰다고 얘기해 줘도 잘 먹지 않았다. '아버지처럼'을 빼야 하나 고민했는데, 요즘은 직접 작물을 키우는 덕분인지 가지, 오지, 토마토 등 가리지 않고 잘 먹는다. 힘들게 키운 작물의 소중함을 아는 것 같다. 텃밭 재배가 아이들의 식습관에도 좋은 영향을 끼치는 것 같다.

남달랐던 동대구역의 열기

"혹시 주말에 하루 아르바이트 하실 분 없나요?"
"주말에 대구에서 독서 마라톤이 열리는데 심사위원이 필요해서요."

마라톤과 독서의 조합이라니, 어떤 행사인지 궁금증이 생겨났다. 낮 12시부터 다음 날 12시까지, 밤을 새워 24시간 내내 책을 읽는 행사라는 설명에 마음이 동했다. 참여해 볼까 싶었지만 생각만 하다가 잊어버렸다. 얼마 후 독서 모임에서 한 분이 얘기하셨다. 관심이 있었지만 잠 때문에 망설이던 행사에 심사위원으로라도 참여해 보고 싶었다. 그렇게 아르바이트 삼아 심사위원이 되어 참여하게 되었다.

문화체육관광부와 한국출판문화산업진흥원에서 책

읽는 사회 분위기 조성을 위해 시민 참여형 행사인 〈2019 대구울트라독서마라톤대회〉를 개최했다. 동대구역에서 열리는 대회는 50분 읽기, 10분 휴식을 반복하며 하루 동안 진행되는 방식이었다. 식사와 간식이 제공되고, 야간 시간대 탈락자를 고려해 텐트형 간이숙소도 함께 운영했다. 그리고 24시간 완독에 성공한 사람들에게는 기념 메달과 기념품, 선물 등을 증정했다.

밤을 꼬박 새워 책을 읽는다니. 과연 잠을 이겨 낼 수 있을까 하는 생각이 들었다. 심사위원인 내가 할 일은 탈락자들을 선별해 내는 것이었다. 심사위원은 8시간씩 3교대를 했고 나는 마지막 시간대 심사위원이었다.

새벽 3시에 집을 나섰다. 전날 12시부터 진행된 마라톤이 12시간을 지나 15시간을 향하고 있었다. 이른 새벽 캄캄한 달빛만 존재감을 잔뜩 드러내고 있었다. 으스스한 땅과 다르게 오히려 하늘이 신비로워 보였다. 나는 독서 마라톤 마지막 심사위원으로 참여하기 위해 대구로 향했다. 얼마나 많은 인원이 남아 있을지 궁금해하며.

새벽 4시. 동대구역 광장 한쪽에 차려진 행사장에는 대형 천막 옆으로 많은 텐트가 설치되어 있었다. 텐트 안을 볼 수는 없었지만 몇 켤레 신발이 놓여 있는 것으로 보아 탈락자들이 수면을 취하고 있는 것 같았다. 마련된 책걸상에 빈자리가 많았다. 책상에 앉아 오로지 책만 읽어야 하기에 쉽지 않아 보였다. 16시간을 잘 참고 8시간을 남겨 둔 참가자 중에는 애써 감기는 눈을 부릅 뜨며 책을 읽는 사람도 있었다. 반면 참석하기 전날 푹 자고 온 게 아닐까 싶을 정도로 초롱초롱한 눈빛으로 책장을 넘기는 이들도 있었다.

읽는 책도 다양했다. 읽고 싶은 책을 직접 가져와 읽을 수도 있고, 행사장 한쪽에 준비된 작은 도서관에서 책을 가져와 읽을 수도 있었다. 도서관 책장에는 많지는 않아도 다양한 책이 꽂혀 있었다. 내가 참석자였다면 이 기회에 완독이 쉽지 않은 장편소설이나 두꺼운 책을 읽었을 것 같다. 50여 명이 밤을 새워 책 읽는 모습은 마치 시험을 앞둔 수험생 같았다.

시험 기간에 학구열로 불타는 도서관 같았다. 나도 동참하고 싶은 마음이 굴뚝 같았다.

한편, 대형 천막 밖으로 한 걸음만 옮기면 분위기가 완전히 달라졌다. 서로 다른 세계를 오가는 느낌이었다. 대형 천막 안의 숨 죽이며 책을 읽어 내려가는 뜨거운 열기와 그곳을 조금만 벗어나면 차갑게 다가오는 새벽 공기가 대조되었다. 이른 새벽 기차역이 드러내는 분위기가 참 특별했다. 나는 이곳과 저곳의 분위기를 느끼기 위해 왔다 갔다 했다.

동대구역에 서서히 날이 밝아오고 멀리서 새벽 기차 소리가 나지막하게 들려왔다. 초췌해 보이는 참가자들의 모습이 지난밤 얼마나 치열하게 잠과 사투를 벌였는지 느껴졌다. 깜깜한 밤을 이겨 낸 참가자들은 한 사람도 낙오 없이 24시간 독서 마라톤을 완주했다. 대단해 보였다. 성공한 이들의 기념사진 속 표정은 승리자의 모습이었다. 책을 읽는다는 것이 이렇게 위대해 보일 수 있구나 싶었다.

그때는 몰랐습니다

퇴사 이후 오랜만에 공장에서 일했다. 회사에서 제품 개발자로 일할 때는 개발할 제품의 샘플 제작이나 테스트를 위해 생산 공정을 많이 이용했다. 보통 생산 공정은 누가 와서 일하더라도 쉽게 작업할 수 있도록 단순하고 반복적인 방식으로 분업화되어 있다. 그래서 누가 오더라도 완성된 제품을 생산하기가 어렵지 않다.

하지만 개발 초기 단계의 제품은 그렇지 않다. 생산 공정에서 트러블이 가장 많이 생겼다. 문제가 생기지 않기를 바라는 현장에서는 문제 발생 여지가 많은 개발 제품을 좋아하지 않았다. 사실 일하면서 문제 생기기를 바라는 사람은 없을 것이다. 누구든 일이 매끄럽게 잘 진행되기를 바란다. 하지만 개발 제품은 그렇지 않다.

수많은 테스트와 공정 작업을 거쳐 문제를 고쳐 나가면서 정상적인 제품으로 거듭나는데, 생산 현장에서는 그런 과정을 이해하지 못했고 원치도 않았다. 이상이 있든 문제가 생기든 끝까지 해결하는 것이 중요한데, 공정 과정에 문제가 생겼다고 생산을 멈추어 버린다. 그래서 마찰을 빚을 때가 많았다. 이런 갈등이 개인감정으로 넘어가게 되면 일이 어려워진다. 솔직히 예전의 나는 생산 현장에서 일하는 분들의 마음을 이해하지 못했다.

그러다가 생산 현장에 일주일 일용직으로 가게 되었다. 내가 다니던 자동차 부품 회사와 비슷했다. 회사 식당에 모여 간단한 인원 파악과 주의사항 전달 후 제품 생산 라인으로 이동했다. 공정이 다양했다. 제품도 종류가 많았고, 프레스 기계도 눈에 띄었다.

'어떤 일이 조금 쉬워 보일까?'

다들 어떤 일을 하게 될지 긴장하는 눈치였다. 이왕하는 일이 조금이라도 쉬운 일이길 바라는 건 모두 같은 마음이었다. 공장을 한 바퀴 돌며 몇 명씩 차출되었다. 작업 환경은 모두 달랐지만 단순 반복 작업이라는 점은 똑같았다.

내가 맡은 업무는 프레스기로 제품을 만들어 내는 일이었다. 붕어빵처럼 재료를 넣고 찍어 내면 형상대로 제품이 찍혀 나왔다. 프레스기가 열리면 제품을 꺼내 구멍이나 형태가 제대로 만들어졌는지 확인하고 제품 박스에 적재하면 끝이었다. 그 작업을 계속 반복하면 되었다. 처음 하는 일이었지만, 내가 생산한 제품이 아무 문제가 없으면 좋겠다는 바람이 컸다. 보기엔 쉬워 보이는 일도 손에 익기 전까지는 어렵다. 시간을 들여야 한다. 반복 작업이 어느 정도 몸이 익숙해질 때쯤 제품이 눈에 들어오기 시작했다. 불량품도 하나씩 눈에 보였다. 그러자 나는 문제없이 잘 해내고 있는데 하나씩 불량품이 발생하면 모든 것이 내 잘못처럼 느껴졌다. 불량품을 표시하는 빨간 딱지가 마치 내 잘못이라고 얘기하는 것 같았다. 마음이 좋지 않았다. 갑자기 부담감이 밀려왔다.

그 순간, 생산 현장에서 일하는 분들의 마음이 이해되기 시작했다. 그때 그분도 나와 비슷하지 않았을까. 회사 생활을 할 당시 불량에 지나치게 예민해하던 과장님이 생각났다. 특히 내가 주도하던 개발 샘플은 테스트 제품이 대부분이라 생산 과정에서 불량률이 높았다. 한 단계 한 단계 공정을 거치면서 불량을 잡아내고 제품을 보완하면서 제품을 완성해가는 과정이었기에 개인적으로는 불량에 대한 스트레스가 높지 않았다. 하지만 생산 라인을 담당하는 과장님은 달랐다. 불량품 유무가 그날의 성과였다. 서로 상황이 달랐던 것이다. 나는 개발 초기 제품이라 괜찮다고 여겼고, 과장님은 개발 과정이라 해도 불량은 좋지 않다는 쪽이었다.

우리는 언성을 높였고, 서로를 이해하지 못한 채 자기 입장만 강요했다. 그래서 감정이 상하는 날도 많았다. 그렇게까지 할 일이 아니었는데 왜 그렇게 목소리를 높였을까. 그분도 나도 잘하고 싶고 인정받고 싶은 마음이 똑같았을 텐데. 괜히 미안해졌다.

처음엔 익숙하지 않아 긴장 속에서 시간 가는 줄 몰랐지만, 하루 이틀 지나면서 어느 정도 익숙해졌다. 여유도 생겼다. 생산 현장에서 직접 일해 보니 이해되지 않던 행동이 이해되었고, 보이지 않던 마음이 보였다. 불량이 내 잘못인 것 같고 내가 하는 일이 잘되어 조금이나마 보람을 느끼고자 하는 마음은 너무나 자연스러운 것이었다.

그분에게 반복되는 일상에서 불량 없는 날은 특별한 날이 되지 않았을까.

평일 휴일, 일용직의 행복

일용직과 직장인의 가장 큰 차이는 '평일에 쉴 수 있다'는 점이다. 주말만 기다리는 직장인은 어딜 가든 사람 많은 시간에 억지로 끼여 움직여야 한다. 관광지는 대부분 주말에 사람이 많이 몰린다. 그러다 보니 주말에는 시내에서도 공원이나 유원지에서도 늘 눈에 사람만 보였다. 렌즈에 이물질이 끼듯이 내 눈은 사람들로 가득 찼다. 다른 건 눈에 들어오지 않았다. 붐비고 막히는 주말은 쉬는 날이 아니었다. 오히려 스트레스가 더 심했다. 사람에 치이는 날이었다.

일용직 일을 하면서 평일의 즐거움을 제대로 느끼게 되었다. 평일에 사람 없는 거리와 한산한 도로를 다니는 일이 여유로운 일상이 되었다. 직장인은 꿈도 꾸지 못할 일이다. 사람한테 치이는 일 없이 평일의 즐거움을 온전히 누릴 수 있었다.

그렇다고 일용직이 마냥 좋은 것만은 아니다. 일용직은 딱히 정해 놓고 쉬는 날이 없다. 평일과 휴일의 구분이 없다. 일이 없거나 날씨가 좋지 않으면 자동으로 휴일이 된다. 직장인에게 시간에 대한 책임이 있다면, 일용직 노동자에게는 선택에 대한 책임이 있다. 쉬고 싶을 때 언제든 쉴 수 있지만, 언제까지 쉬기만 한다면 경제적으로 궁핍해진다. 시각적 자유는 매력적이지만 경제적인 문제는 해결해야 할 숙제다.

언젠가 다시 책방을 열게 되기를 꿈꾸고 있다.

다시 시작한다면

서점이 아니라,

읽고 쓰고 함께 걸을 수 있는 공간을 만들고 싶다.

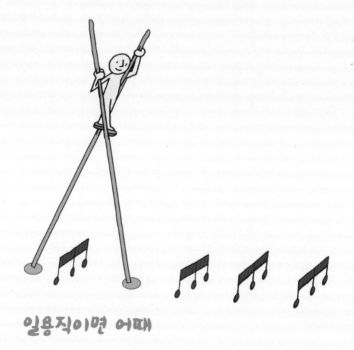

일용직이면 어때

PART 4

덕분에 얻게 된 것들

말랑말랑한 흙이
말랑말랑한 밭을 잡아준다

말랑말랑한 흙이
말랑말랑 가는 길을 잡아준다

· 함민복 ·

아침 예찬

나의 하루는 새벽 5시에 시작된다. 알람 소리에 일어나 조심스럽게 방문을 열고 나온다. 밤사이 거실을 가득 메운 2월의 한기에 몸이 움츠러든다. 찬물세수에 아직 깨지 않았던 정신이 돌아온다. 창밖은 아직 어둡다. 외로운 가로등 하나와 간간이 지나가는 자동차만 보인다. 고요하다. 세상의 시간이 멈춘 것만 같다. 나만 깨어 있는 기분이다. 자리에 앉아 혼자만의 시간을 보내는 지금 이 순간이 참 좋다. 감사해진다.

예전에는 잠이 많았다. 그렇다고 지금 잠이 줄어든 것 같지는 않다. 그저 조금 일찍 자고 일찍 일어날 뿐이다. 잠을 잘 자는 것만으로도 큰 축복이라는 말을 많이 들었다.

'잠이 많다', '어디에서든 누우면 잔다', '누가 업어 가도 모른다'라는 얘기를 들어도 별로 개의치 않았다. 불면증이 있거나 잠을 잘 이루지 못하는 사람을 이해하지 못했다. 누군가 깨우지만 않는다면, 출근 시간만 아니라면 언제까지고 잘 수 있었다. 적어도 잠에 대해서는 잘 자는 것을 장점이라 여기며 살았다.

잠이 많아서일까. 새벽 기상이 쉽지만은 않았다. 알람 소리에 맞춰 겨우 몸을 일으키지만, 이내 졸고 있는 나를 확인하기가 수십 번 반복되었다. 새벽 기상을 시작하면서부터는 잠을 이기는 것이 제일 큰 과제였다. 잠 많은 내가 무엇을 하고 있는지, 왜 해야 하는지 혼란스러웠다. 단잠을 깨우는 진동음과 어둠 속에서 무거운 몸을 억지로 일으켜야 하는 상황이 너무나 힘들었다.

'일찍 일어난다고 뭐가 바뀌겠어?'
'이럴 바에야 차라리 잠을 더 자는 게 나은 선택이 아닐까?'

하루하루 졸음과 싸우는 동안 새벽 기상을 이어 가야 하는지 의문이 계속되었다. 그럴 때마다 나에게 힘을 준 건 『변화의 시작 5AM 클럽』이라는 책에서 본 문구였다. "모든 변화가 처음에는 힘들고, 중간에는 혼란스러우며, 마지막에는 아름답다." 나는 아름다워질 때까지 가 보기로 했다.

새벽형 인간으로 다시 태어나기로 마음먹었다. 아침 일찍 일어나 책을 읽기 시작했다. 나를 변화시키기 위해 자기계발서를 읽기 시작했다. 이전과 다른 삶을 살기로 했으니 큰 변화가 필요했다. 지금까지의 행동 양식을 바꿔 좀 더 나은 삶을 위해 그동안 해보지 않은 것을 시도해 보기로 했다. 이것이 맞는지 틀리는지 옳은 방법인지 알 수 없었지만, 누군가의 말이 아니라 책의 가르침을 믿어 보기로 했다.

처음에는 책상에 앉아 졸기도 했고, 책에 집중하지 못한 채 멍하게 밖을 보거나 딴생각하며 시간을 보냈다. 그럴 때마다 '처음부터 잘할 순 없어'라며 스스로 다독였다. 예전의 나로 돌아가고 싶지 않았다. 어떻게든 습관을 들여 성공하는 사람들 편에 서고 싶었다. 그즈음부터 조금씩 변화가 찾아왔고, 어떻게든 한 달을 견뎌 내자 몸이 새벽에 적응하기 시작했다.

새벽에 적응한 후로는 졸음을 쫓아내려는 방편으로 운동을 시작했다. 졸음을 이겨 내기 위해 시작한 운동은 달리기와 홈트레이닝으로 이어졌고, 몸의 근본적인 변화에 도움이 되었다. 몸이 더 튼튼해지고, 근육이 붙으면서 활력이 생기기 시작했다. 땀흘려 운동한 뒤 샤워를 하면 개운함과 상쾌함과 더불어 새벽의 기운이 내 안으로 들어오는 것 같았다.

그러고 나면 독서에 좀 더 집중할 수 있었고, 글도잘 써지는 것 같았다. 겉으로 드러나는 큰 변화는아니었지만, 새벽 시간은 내게 앞으로 무엇이든 할수 있다는 자신감을 안겨 주었다. 새벽을 알차게 보낸 후 맞이하는 아침은 가슴 벅차게 만들었다. 거실창밖으로 보이는 풍경도 더 선명했다.

그렇게 나는 새벽, 아침의 소중함을 느끼고 있다.

책 읽지 않던 사람이
책 읽는 사람이 되다

사실 아내와 결혼하기 전까지 나는 책을 읽지 않는 사람이었다. 대한민국 평균 독서량이 1년에 일곱 권이 채 되지 않는다고 하는데, 나는 한 권도 잘 읽지 않았으니 평균을 갉아먹는 사람이었다. 어린 시절을 돌아봐도 방에 책상은 있었지만 책장은 없었다. 기억나는 것은 처음 돈을 주고 산 것으로 기억되는 『용운문』이 책상에 있던 장면이다. 무협지로 재미있게 읽었던 기억이 있다. 그리고 고등학교 때 영국 작가 애거사 크리스티의 추리소설을 몇 권 읽었다. 빨간색 표지의 추리소설을 너무나 좋아하던 친구 덕분이었다. 이것이 스무 살까지 내가 읽었던 책이다. 그리고 군대에서 전역을 앞두고 너무 심심해서 제목도 기억나지 않는 책 몇 권을 들쳐 본 것이 전부다.

그렇게 생활하다가 아이들을 위해 도서관에 자주 드나들면서 어느 책에서 본 "부자의 조건이 책 읽기에 있다"라는 문구가 나를 책의 세계로 이끌었다. 왜 독서해야 하는지, 독서로 얻게 되는 것은 무언인지, 어떻게 부자가 될 수 있는지 궁금한 마음에 찾아 읽기 시작했다. 지금까지 책을 읽지 않던 나로서는 엄청난 변화였다.

내가 책을 읽는 목적은 부자가 되는 것이었다. 하지만 부에 대한 실마리가 잡히지 않았다. 당시만 해도 부동산, 부, 투자에 관한 책은 보지 않았다. 다만 독서의 중요성을 강조하는 책 위주로 읽고 있었다. 그러다가 영천으로 온 2019년 겨울, 우연한 계기로 빨간 표지의 부동산 책을 읽고 나서야 '이거구나!'라는 생각이 들기 시작했다.

그때부터 새벽에 일어나 부, 부자, 부동산, 투자에 관한 책을 보기 시작했다. 돈 버는 얘기가 재미있었다. 지금껏 내가 알던 세계와 너무도 다른 세상이었다. 도대체 어떤 사람인지 궁금해 저자 특강도 다녀왔다. 나도 '그'처럼 될 수 있지 않을까 하는 마음으로 새벽에 일어나 부와 관련된 책을 탐독했다. 나도 부자들처럼 그렇게 되고 싶었다. 하지만 부풀었던 마음은 그리 오래 가지 않았다.

그래도 그동안 책을 꾸준히 읽었던 덕분에 책을 손에서 놓지는 않았다. 부자 관련 책보다는 다른 책을 보게 되었다. 조각, 집 짓기, 독서법, 세계사 등 내가 모르는 것을 책으로 접하며 관심을 계속 이어 갈 수 있었다. 내가 하고 싶은 일들도 먼저 책으로 정보를 얻었다. 그렇게 책을 고르면서 내가 좋아하는 것, 관심 분야를 하나씩 찾아 나갔다.

나에게 큰 변화를 안겨준 책이 있다. 2019년 1월 제주도에서 혼자 책을 읽을 때 내 마음을 사로잡았던 문구 하나가 책과의 인연을 바꾸었다. 그 이후로 계속 책을 읽고 있다. 많이 읽진 않지만 꾸준하게 읽고 있다.

"책만 읽어도 이로움이 있고, 재능을 드러내게 하고, 어리석은 사람은 글을 통해 현명해지고, 어진 사람은 글을 통해 이롭게 될 것이다."

"인생을 바꾸기 위해서는 꿈이 있어야 하고, 꿈을 만들기에 가장 좋은 방법은 독서입니다."

10년간의 직장 생활을 그만두고 새로운 인생을 살기 위해 떠나온 제주에서 무엇을 해야 할지 갈피를 잡지 못하고 하루하루 버티던 때 만난 이 문장들이 나를 책 속으로 이끌었다. 인생을 바꾸기 위해서는 책을 읽어야 한다는 말이 책을 한 권도 읽지 않던 나를 계속 읽을 수 있도록 도와주었다.

독서로 관심 분야를 넓혀 간다면 부나 성공도 먼 곳에 있지 않다고 생각한다. 목적지에 닿을 때가 언제인지는 모르지만 계속 가 볼 생각이다.

걷는 법을 배우다

"이번엔 어디로 갈까?"

매년 우리 가족은 걷기 여행을 떠난다. 제주도 일주를 시작으로 동해 해파랑길, 지리산 둘레길을 걸었다. 짧게는 10일에서 길게는 한 달 가까이 걸었다. 이제는 우리 가족의 연례행사 중의 하나가 되었다.

처음 걷기 여행을 시작하게 된 계기는 산티아고 순례길을 보고 난 후였다. 종교적인 이유보다 아름다운 자연에 반해 한 번쯤 가보고 싶었다. 하지만 당시 세 명의 아이와 금전, 현실적인 문제는 산티아고가 아닌 제주도를 향하게 했다.

'아름다운 산티아고 순례길 걷고 싶다'
'아이들 덕분에 앞으로 10년은 더 있어야 가능하

겠는데.'

'그러지 말고 여기서(제주) 걸어 보는 건 어때?'

'제주는 올레길이 있잖아.'

'제주도 한 바퀴?'

'제주도에서도 우리만의 순례길을 만들 수 있지 않을까?'

'그래. 우리가 걷는 길이 순례길이 될 수 있겠네!'

그렇게 우리만의 걷기 여행이 시작되었다. 2020년 3월 초순, 아침 바람이 아직 쌀쌀할 때 자전거도로와 일주도로를 우리는 14일 동안 걸었다. 7살인 첫째는 네발자전거, 5살이었던 둘째는 킥보드, 3살이었던 막내는 유모차를 준비해 제주도를 한 바퀴 돌았다. 평소 아이들과 오름을 자주 올랐던 것이 도움이 컸다.

그 후 2021년, 네 아이와 함께 동해 해파랑길을 걸었다. 부산 오륙도에서 시작에서 강원도 고성 통일전망대까지 이어지는 750km에 이르는 길을 우리는 강원도 고성에서부터 시작해 남쪽으로 내려왔다. 기간은 한 달. 11월 가을 끝에 시작한 여행은 매

서운 추위가 몰려오던 12월, 포항에서 멈췄다. 그리고 작년 2022년에는 지리산 둘레길을 함께 걸었는데, 우리 가족의 걷기 여행은 현재진행형이다.

아침 일찍 창문을 열었을 때 시원한 공기와 풀 냄새, 휘황한 풍경을 마주한 날에는 바깥으로 나가고 싶어진다. 집에서 탈출하고 싶다. 구름 한 점 없는 파란 하늘과 뚜렷하게 보이는 먼 산의 능선이 눈에 박힐 때면 무작정 나가고 싶어진다. 더 많이, 더 오래, 내 눈과 마음에 담고 싶어진다. 곁에 있어도 알지 못했고, 보지 못하는 일이 많았다. 자연과 함께하면서 내가 그동안 자연을 얼마나 모르고 살았는지 새삼 깨닫게 된다. 집 앞 가로수인 이팝나무가 활짝 핀 모습이 내 눈에 들어온다. 벚꽃 못지않게 이쁘다는 걸 이제야 알게 되었다.

자연이 주는 선물이 좋아 밖으로 나오다 보니 저절로 걷게 되었다. 그리고 걷는 것은 전염력이 강했다. 혼자 걷는 것도 좋지만, 함께 걸으면 더욱 즐겁다. 우리 가족은 함께 길을 나서는 날이 많았다. 날씨가 좋은 날, 걷고 싶을 때는 밖으로 나간다. 그러고는 무작정 걷는다. 동네를 가볍게 돌기도 하고, 어떤 날에는 이웃 마을까지 다녀오기도 한다. 또 어느 날에는 왕복해서 10km, 15km쯤 되는 거리를 계산해 집을 나서기도 한다. 보통 10km 거리를 걸으면 만 보가 나온다. 물론 개인 체형과 보폭에 따라 다른데, 많이 걸을 때는 2만 보를 걷기도 한다.

나는 걷는 것은 물론 등산도 좋아하지 않은 사람이었다. 그런 내가 제주도로 이사하고, 그곳에서 등산을 시작하게 된 것은 축복이었다고 생각한다. 평소 등산에 관심조차 없었으며, 높은 산을 힘들게 오르는 것보다 차라리 그 시간에 집에서 쉬는 게 더 낫다고 말하던 사람이었다. 그런 상황에서 제주도의 오름은 나에게 안성맞춤이었다. 정상까지 30분도 걸리지 않은 다양한 오름에서부터 높은 한라산까지, 걷기와 등산에 재미를 붙여나갈 수 있게 도와주었다.

등산도 그렇고, 걷는 것도 비슷하다. 형형색색 변하는 자연의 신비로움을 알아채지 못하면 몇 번 하다가 말았을 것이다. 그런데 자연은 매번 새로웠다. 그

덕분에 어린아이들과 함께 한라산을 등반하고, 제주도를 한 바퀴 걸었으며, 동해 해파랑길과 지리산을 걸을 수 있었다.

오늘도 나는 길을 나선다. 오름을 시작으로 한라산까지 걸으면서 조금씩 나아갔던 경험을 기억하면서, 지금 서 있는 곳, 걷고 있는 곳이 어디인지를 살펴보면서 말이다. 그렇게 나는 자연과 함께 걷는 법을 새롭게 배우고 있다.

뭐니 뭐니해도 몸이 먼저다

"이제 100세 시대래."
"그럼 뭐 해, 아프면 다 소용없는데."
"건강하게 오래 살아야지. 아프면 아무 소용 없어."

아프지 않는 게 중요하지 오래 사는 게 중요한 것이
아니다. 이제 100세 시대라 오래 산다고 착각하지
만, 건강까지 좋아진 것은 아닌 것 같다. 단지 사람
의 수명이 100세까지 늘어난다는 얘기로만 받아들
이고 있다. 나의 수명이 70년이 될지, 90년이 될지,
110년이 될지 아무도 알 수 없다. 아픈 곳이 생겨
세상을 일찍 떠나더라도 누구를 원망할 수도 없다.
그렇기에 100세라는 단어가 의미가 없다고 생각한
다. 내 몸은 스스로 관리해야 한다.

그러니 살면서 제일 중요한 것은 건강이 아닐까 싶

다. 몸이 아프면 어떤 것도 소용이 없다. 아무리 돈이 많아도 쓸 수 없으면 무용지물이다. 내가 먹고 싶은 걸 먹지 못하고, 가고 싶은 곳에 가지 못하고 병상에만 누워 있다면 소용없다. 그러니 몸이 제일 중요하다. 몸이 건강해야 어디든지 자유롭게 가고, 먹고 싶은 것을 먹고, 하고 싶은 일을 할 수 있다.

2021년 6월부터 시작한 새벽 달리기, 그전까지는 주말을 이용해 달리기했는데 지금은 격일로 아침마다 달린다. 그리고 가벼운 운동도 한다. 매일 한 시간씩 달리거나 운동하는 루틴을 이어 가고 있다. 매일 달리고 운동하면 체력이 좋아질 뿐 아니라 그날의 기분에도 좋은 영향을 미친다. 하루를 성취감으로 시작할 수 있다. 그런 날은 무슨 일이든 잘 해낼 것 같다. 건강해질 뿐 아니라 자존감까지 높아진다.

처음에는 밀려오는 잠을 깨우기 위해, 정신을 차리기 위해 시작했지만, 지금은 내 몸을, 내 삶을 위해 운동한다. 오래 살아도 몸이 말을 듣지 않으면, 병원 신세를 져야 한다면, 살아도 사는 것이 아니지 않을까 하는 의문이 들었다. 80세까지 건강하게 살다가 떠나는 것이 목표가 되었다. 그래서 매일 꾸준히 운동하고 있다. 나의 건강한 80세를 위해서.

아버님을 따라 몸 쓰는 일, 철거하는 일을 시작했다. 힘든 일이지만 한 달에 두세 번이라 크게 부담스럽지는 않다. 처음 이 일을 시작할 때는 많이 힘들었다. 체력이 달린다는 생각밖에 들지 않았다. 하지만 이것도 적응되었는지 요령이 생기고 조금 수월해졌다. 무엇보다 운동하고 난 후부터는 지금껏 해왔던 어느 일보다 힘들다는 생각이 들지 않았다. 몸을 튼튼하게 만드니 힘든 일이 더는 힘들게 느껴지지 않았다.

무거운 것이 가벼워졌고, 오르내리는 것이 운동하는 것처럼 느껴졌다. 체력 운동을 한다고 생각하니 일이 재미있어지기 시작했다. 물론 환경은 그대로이기에 먼지와 비산 가루는 여전히 힘들었다. 하지만 무거운 짐을 옮길 때는 상체운동이, 계단을 오르내릴 때는 하체운동이 되는 것 같았다. 참 신기했다. 내가 힘이 세지고 체력이 좋아지니 힘들던 일이 아무렇지도 않은 일이 된다는 사실이 놀라웠다.

"이루고 싶은 게 있다면 체력을 먼저 길러."

"네가 종종 후반에 무너지는 이유, 다 체력 때문이야."

"피로감을 견디지 못하면 승부 따위는 상관없는 지경에 이르지."

"이기고 싶다면 네 고민을 충분히 견뎌 줄 몸을 먼저 만들어."

"정신력은 체력의 보호 없이는 구호밖에 안 돼."

우연히 본 드라마 〈미생〉 속 대사를 잊을 수 없다. 몸이 먼저라는 걸 다시 한번 깨달은 날이었다. 그 이후로 운동을 더 열심히 했던 것 같다. 힘든 일, 어려운 일이 쉬운 일이 된다니 얼마나 놀라운 일인가. 삶도 똑같은 것 아닐까. 힘들고 어려운 삶이 쉬워지는 방법은 더 노력해서 힘들게 느껴지는 부분을 잘하게 되면 된다. 그것뿐이다. 다른 특별한 방법이 있는 게 아니다.

나 자신과의 싸움, 달리기

나의 달리기 역사는 제주에서 시작되었다. 점점 늘어나는 살을 빼기 위해서였다. 살을 빼는 데는 공복달리기만 한 게 없다고 어디서 들었기 때문이다. 일어나자마자 신발을 신고 밖으로 나왔다. 아직 해가 뜨기 전, 여름이 성큼 다가오는 초입이었다. 입고 있던 반소매 티셔츠와 반바지 차림으로 집 주변을 돌아 해변 쪽으로 달리기 시작했다.

처음엔 숨이 차올라 얼마 달리지 못했다. 숨을 몇 차례 고른 후에야 다시 뛸 수 있었다. 힘은 들었지만 떠오르는 태양과 출렁이는 파도와 해변의 풍경이 나를 자꾸 이끄는 것만 같았다. 땀 흘리며 달린 후에 하는 샤워도 아침을 한결 가볍게 만들었다. 일이 없는 날마다 달리기가 이어졌다. 차오르는 숨도, 힘든 몸도 적응했는지 달리기가 점점 재미있어졌다.

살도 빠졌다. 그러다가 예전 몸무게를 찾으면서 조금 시들해졌다.

본격적으로 달리기를 시작하게 된 것은 영천에 온 이후 온라인 모임에서 달리기 인증을 시작하면서부터였다. 생각보다 많은 사람이 달리기를 하고 있었고, 거리와 속도 면에서도 월등했다. 그동안 혼자 만족스러워하며 가볍게 달리던 것과 차원이 달랐다. 그때부터였다. 달리기를 잘하고 싶어졌다. 욕심은 불가능을 가능하게 했고, 한계를 뛰어넘게 했다. 거리를 조금씩 늘렸다. 5km에 도달했다. 학교 운동장 트랙이나 같은 공간을 반복해서 달리는 것은 힘들었다. 가 보지 않은 길을 멀리까지 갔다 오는 것이 좀 더 뛰기 편하고 좋았다. 왜냐하면 새로운 길을 찾아 달리는 것이 잠깐이지만 어딘가 여행을 다녀온 기분을 주었기 때문이다.

그러다가 마라톤을 접하게 되었다. 10km 정도는 뛸 수 있지 않을까 하는 알 수 없는 자신감이 있었다. 코로나19 시기라 모든 마라톤 대회가 중단되었지만, 영천에서 가까운 대구에서 언택트 마라톤 대회가 열린다는 얘기에 참여해 보기로 했다. 각자 위치에서 10km를 달리고 앱으로 인증한 후, 인증을 완료한 사람 중에 추첨으로 일부만 참여하는 방식으로 대회가 열렸다. 처음 참여해 보는 마라톤 대회. 사람은 많지 않았지만 함께 달리는 기쁨을 느끼기엔 충분했다. 달리는 동안 시민들이 보내 주는 열렬한 응원에 힘이 났다. 그렇게 첫 완주의 기쁨을 누렸다. 10km만으로도 마라톤의 기쁨과 성취감을 만끽했다.

그다음 해에는 경주 마라톤 하프 코스(21.095km)에 도전했다. 코로나19 이후 처음 열리는 대회였다. 어떻게 보면 내가 참가하는 제대로 된 첫 대회였다. 3년 만에 열리는 대회에 많은 사람이 모였다. 이렇게 달리기하는 사람이 많다니 놀랐다. 차량 정체가 아닌 사람 정체였다. 출발선에 풀 코스, 하프 코스, 10km 코스, 5km 코스 주자들이 차례대로 모여들었다. 축제 같은 상황에 덩달아 신이 났다. 출발을 알리는 총소리가 들리고, 참가자들이 신나게 달려나갔다. 많은 사람이 달리는 모습에, 앞서가는 이들의 모습에 나도 모르게 힘이 들어갔다. 내 페이스를 따라가지 않고 빠르게 달리는 이들을 쫓아갔다. 오버페이스였다. 10km를 지나자 몸이 무거워지기 시작했다. 힘들었다. 하지만 포기하고 싶지 않았다. 결승선에서 기다리고 있을 가족들에게 완주하는 모습을 보여 주고 싶었다. 쓰러지더라도 결승선까지 가야 했다. 몸이 풀린 상태로 한 걸음 한 걸음 힘겹게 뛰었다. 20km 지점이 보이고 '이제 거의 다 왔다'라고 속으로 외치고 있을 때 옆을 지나가는 풀 코스 주자들의 대화가 들렸다.

"이제 반 왔다. 얼른 뛰고 집에 가자!"

나는 말할 기운도 없이 뛰고 있는데 대화하며 가볍게 뛰는 두 사람의 모습이 나와는 너무 달라 보였다. '도대체 풀 코스 뛰는 사람들은 뭐 하는 사람이길래 저리 편하게 뛰는 거지?' 오기가 생겼다. 그렇게 힘겹게 골인 지점을 통과했다. 풀 코스는 나에게 도저히 불가능해 보였다. 하프 마라토너로 만족해야겠다고 마음먹었지만, 어느새 풀 코스를 준비하고 있다.

'저 힘든 걸 왜 뛰는 걸까?'
'TV에서 보는 것보다 힘들어 보인다.'
'힘들어하는 게 여기까지 느껴지는 것 같아.'

10년 전 아내를 따라 대구에서 열린 국제 마라톤 대회에서 응원한 적이 있다. 자국민을 응원하기 위해 건너온 일본인 친구도 함께했다. 마라톤에 전혀 관심이 없던 나는 힘들게 달리는 마라토너들이 불쌍해 보이기까지 했다. 그러면서도 일본인 친구와 함께 열심히 '간바레이!(힘내!)'를 외쳤다.

그랬던 내가 마라톤에 나갈 줄이야. '그때의 불쌍한 사람'이 내가 되었다. 이래서 말을 함부로 하면 안 된다고 하는 것 같다. 속단하지 말아야겠다고 다짐해 본다.

얼굴이 찌푸려지고 숨이 넘어갈 것 같지만 그 순간을 참고 이겨 내면 금세 기쁨과 환희가 찾아오는 것이 마라톤의 묘미인 것 같다. 뛸 때는 그만두고 싶다가도 골인의 기쁨을 맛보게 되면 또 도전하고 싶어진다. 나를 넘어서고 싶어진다. 나를 이기고 싶어진다. 나 자신과의 싸움인 셈이다. 내 한계를 도전하고 계속해서 넘을 수 있는 스포츠로 달리기만 한 게 있을까 싶다.

"나는 용기 내어 도전했고, 힘들지만 버텨 냈다. 그리고 결국 이겨 냈다!"라는 문구가 머릿속에서 떠나지 않는다. 그 마음이 그대로 전해진다. 나는 계속 도전할 것이고, 버틸 것이며, 결국 승리할 것이다.

최고를 선택하는 것이 아니라

나는 인간인 줄 알았다. 그것도 주체적인 인간, 그런데 아니었다.

동물과 다르게 인간은 선택할 수 있다. 모든 동물이 태어날 때부터 본능에 충실하며 주어진 삶을 살아간다. 하지만 인간은 '주어진 삶'이 아닌 '주체적인 삶'을 살아갈 수 있다. 자기가 원하는 삶을 살 수 있다. 부자로 살 것인지, 가난한 자로 살 것인지 자기 선택에 따라 인생이 달라진다. 그래서 자유롭다고 얘기한다. 무엇이든 자기가 원하는 삶을 살아갈 수 있으니 말이다. 선택에 따른 책임만 질 수 있다면 말이다.

무엇이든 선택할 수 있지만, 사실 이 '책임'이라는 무게 때문에 많은 사람이 선택을 꺼리고 남들이 선택한, 비슷한 삶을 살아간다. 성공하지도 실패하지도 않을 것 같은 안전해 보이는 어중간한 삶을 선택한다. 사회가 정해 놓은 틀에 맞춰 '자기의 삶'이 아닌 '타인에게 보이는 삶'을 살아간다.

"나도."
"똑같은 거."
"아무거나."

나 역시 그랬다. 정해진 규칙이 있는 듯 학업과 대학, 취직, 결혼을 무난하게 거쳤다. 뛰어날 것 없는, 그렇다고 뒤처지거나 아웃되지도 않는 무난한 경로를 밟아 왔다. 내 삶을 뒤돌아보면 회로애락이 없었다. 선택하고 도전하고 시도하고 실패해 보지 않았기에 아픔과 즐거움도 희열도 좌절감도 없었다. 그냥 평이한 삶이었다. 한마디로 지루했다. 선택하지 않았기에 책임질 일도 없었고, 안전해 보이는 삶만을 살아왔다. 그러면서 '나도', '똑같은 거', '아무거나'를 입에 달고 살게 되었다. 나만의 기준이 없었다. 굳이 선택하지 않았다. 모든 것을 남에게 떠맡겼다. 편의점에서 음료수 하나 주문하는 것까지 남들이 선택하는 것을 따랐다.

아직도 선택이 힘들다. "오늘은 뭐 먹을까?" 하는 사소한 선택부터 쉽지 않다. 나에게 주어진 특권임에도 불구하고 선택이 익숙하지 않다. 첫째와 마트에 간 일이 잊히지 않는다. 먹고 싶은 걸 고르라고 했지만 장을 다 볼 때까지 고르지 못하고 서 있는 모습을 보았다. '아차' 싶었다. 아들까지 선택하는 걸 힘들어하는 모습을 보니 내 마음부터 바꾸어야겠다는 생각이 들었다. 그때부터 물건을 고르거나, 간단한 선택 상황에서 '생각은 간단하게, 선택은 빠르게'를 되새겼다. 최고를 선택하는 것이 아니라 조금 더 나은 것, 조금이라도 마음이 기우는 것을 선택하면 충분하다고 생각했다.

그리고 선택이 실패할 수도 있고 성공할 수도 있으니, 기꺼이 내 선택에 책임을 지겠다고 마음먹었다. 사실 하루에도 수십 번씩 이루어지는 선택 가운데 정말 중요한 선택은 많지 않다. 그런데도 선택이 힘든 건 지난 세월 동안 수없이 선택을 미루어 온 나의 문제이고 나의 습관 때문이다. 이제부터라도 나는 나의 선택을 믿기로 했다. 나 자신을 받아들이기로 했다. 남한테 어떻게 보이든 나를 최우선으로 생각하기로 했다.

수많은 시도와 노력 뒤에 성공이 온다는 것을 알지 못했다. 처음부터 욕심이 과했다. 실패하지 않기 위해 부단히 고민했다. '실패로부터 배운다'라는 말을 잊고 살았다. 자신 있게 선택하고 결과를 받아들이자. 실패를 두려워하기보다 다음의 성공을 기약하자. 오늘의 실패가 내일의 성공이라고 믿자. 실패가 두려워서, 책임이 무서워서 선택을 미룬다면 아무 일도 일어나지 않을 것이다.

선택하자.
결정하자.

결과를 겸허히 받아들이고, 당당하게 책임을 지자. 나는 내가 먹고 싶은 걸 먹을 수 있고, 선택할 수 있다. 나는 내가 하고 싶은 걸 말할 수 있고, 결정할 수 있다. 나는 나의 선택을 믿는다.

나의 마리츠버그 역은?

『깊은 인생』이라는 책에 간디의 마리츠버그 역 이야기가 소개된다. 변호사에서 정치가로 변모한 그 장소, 우연이 필연으로 바뀌는 그런 순간이 내게도 있었을까?

터닝 포인트, 변곡점, 나에게도 인생의 터닝 포인트가 된 순간들이 있다. 첫 번째는 대학교 1학년 때 맥도널드에서 첫 아르바이트를 했던 시기다.

나의 유년 시절은 참으로 미약했다. 이유는 모르겠지만, 왼손잡이로 태어난 내가 오른손잡이로 바뀌게 되었을 때 존재 자체를 부정당했다는 생각이 나를 한없이 작게 만들었다. 그 일로 나는 움츠러들었다. 그나마 다행인 것은 부모님이 밥 먹을 때 숟가락을 잡는 모습, 연필을 쥐는 모습에만 신경을 쓰셨던 까닭에 운동하거나 힘을 쓸 때는 마음 편하게 왼손을 사용했다.

남들 앞에 나서기를 힘들어하고, 수줍음과 부끄러움이 많아 항상 얼굴을 붉히던 내가 맥도날드에서 일하면서 조금씩 바뀌기 시작했다. 나는 많은 사람 앞에 서거나 이목이 집중될 때 목소리가 한없이 줄어들었다. 사람들이 나를 주시하고 있다는 사실이 부끄러웠다.

하지만 카운터에 서서 모르는 사람들에게 주문받고 홍보하는 과정에서 자연스럽게 사람을 대하는 훈련이 되었던 것 같다. 내 목소리를 들려주는 것이 이상하지 않고, 어색하거나 부끄러워할 필요가 없다는 것을 알게 되었다.

'나는 왜 그리 나에게 자신이 없을까?'
'남들 앞에 나서는 것이 왜 이리 힘들까?'
'왜 이렇게 태어났을까?'

그런 생각을 참 많이 했다. 바보 같은 내 모습을 항

상 원망하고 미워하기만 했지 깊이 생각해 보지 못했다. 그러나 그곳에서 만난 수많은 사람, 그 영향이 나를 밖으로 나오게 했다. 한 걸음 내딛게 했다. 그 시간이 참 좋았다. 학교와 집, 반복적인 생활 속에서 조그만 일탈 같은 느낌이 들었다. 그러면서 돈도 벌 수 있어 즐거웠다. 그때 만난 인연이 지금까지 이어지고 있다. 군대 가기 전까지 2년이라는 시간을 그곳에서 보냈다. 2년을 근무하고 받은 '2년 배지'는 아직도 잘 간직하고 있는 소중한 보물이다.

내 인생의 두 번째 변곡점은 아내와의 만남이다.

항상 자신감이 부족해 여자 앞에서 말 한마디 못 하고, 손을 흔들어 인사하는 것조차 어색해 친구들에게 인사도 잘 하지 못했다. 그런 나 자신을 잘 알기에 여자친구가 생긴다면 나보다 강하고 자신감 넘치는 여자를 만나고 싶다는 바람이 있었다. 나를 휘어잡는 여자 말이다. 기회는 많았지만, 대학 생활 내내 마음과 달리, 쉽게 만남이 이루어지진 않았다.

어느덧 스물아홉, 지인을 따라 찾은 야구장에서 뜻

하지 않게 지금의 아내를 처음 만났다. 결혼엔 관심이 없었고 하루살이처럼 즐겁게 노는 것에만 몰두하던 나에게 그녀가 성큼 다가왔다. 결혼은 알 수 없다. 친구들 중에 제일 늦을 거라 생각했던 결혼이 어느 순간 찾아왔다. 나의 결혼에 자극받았는지 이듬해 친구들이 결혼을 많이 했다. 아내를 만나고 나서 나의 많은 부분이 바뀌기 시작했다.

신혼 초엔 갈등이 참 많았다. 서로 다른 습관, 행동, 말을 맞추기 위해 제법 많은 시간이 필요했다. 나의 철없는 습관과 행동과 말이 아내 덕분에 교정되기 시작했다. 네 아이의 아빠, 백수남, 제주도 생활은 아내의 실행력이 없었다면 하지 못했을 일이다. 조금 독특하고 특이한 생각을 가진 아내가 나의 많은 부분을 바꾸어 놓았다. 그리고 그 작업은 지금도 계속되고 있다.

세 번째 변곡점은 새 삶을 찾아 떠난 제주도행이다.

삶을 변화시키기 위해 30년 넘게 살던 고향 부산을 떠났다. 10년간의 직장 생활도 그만두었다. 하루아침에 백수가 되었다. 큰 짐과 불필요한 물건을 모두 정리했다. 아는 이 하나 없는, 한 번도 가 본 적 없는 제주도로 무작정 떠났다. 아내의 권유였다.

"잠시 도시를 떠나 살아 보면 어떨까?"

얼토당토않다고 생각하며 외면했던 그 말이 오랫동안 나를 흔들었고, 결국 항복하고 받아들였다. 그 한마디가 여기까지 오게 만들었다. 예정된 일이 아닌 우연 같은 일이었다. 가족과 함께했던 시간은 나를, 우리를 또 다른 곳으로 이끌었다. 새로운 장소, 사람, 시간이 지금까지와는 완전히 다른 인생길로 접어들게 했다. 제주도에서의 생활은 나를 되돌아보게 했다.

내 삶의 절반을 맞이한 2020년. 전반전은 '나를 위한 삶'이 아니었지만 후반전만큼은 '나'를 위해 살고 싶다. 이 시간이 소중하고 의미 있고 귀중하게 다가온다. 나는 계속 변해 가고 있다. 조금씩 걸음마하며 나를 위한 삶을 살고 있다. 그러면서 이 책을 쓰고 있는 지금이 네 번째 변곡점이 되기를 소망한다.

80세까지 건강하게 살다가 죽음을 맞이하고 싶다. 100세 시대가 된 지 오래지만, 오래 사는 것보다 뜨겁고 건강하게 살다가 떠나는 삶을 꿈꾼다.

일용직이면 어때

에필로그

"특별해서 특별한 삶을 사는 것이 아니라, 특별한 선택이 특별한 삶을 만든다."

나는 특별해지기로 했다.
특별한 삶을 살기로 했다.

인터넷에 돌아다니는 무수한, 유명무실한 이야기들은 나에게 아무런 도움이 되지 않는다. 시기와 걱정과 공포를 조장할 뿐이다. 한 사람의 경험이 전체를 대변하지도 않는다. 모두가 그럴 것이라는 착각도 할 필요가 없다. 다른 사람이 아닌 나에게 집중해야 한다. 내가 중요하다. 내가 하고 싶은 것을 내가 책임질 수 있을 만큼 하면 된다. 선택하고 책임질 수 있다면 그것으로 충분하다.

나는 여러 차례 오해 아닌 오해를 받았다. 일찍 퇴사한 것과 제주도에 간 것에 대해, 그리고 네 아이를 홈스쿨링으로 키우는 것에 대해 항상 오해받았다. 상식적이지 않다는 이유에서였다. 그저 우리는 단순했다. 바라던 것, 꿈꾸던 것을 한번 해 보았을 뿐이다. 모험적으로 시도해 보았을 뿐이다. 아이가 많으면 좋겠다고 생각했고, 바다 근처에서 살아 보고 싶다는 바람이 있었고, 아이의 커 가는 모습을 지켜보며 함께하기를 꿈꿨다.

'어쩔 수 없잖아'라고 단정하기보다는 나만의 방식으로 세상을 이해하고 주체적으로 살아 보고자 했다. 무엇이든 해 보기 전에는 알 수 없다. 평범한 삶이 아닌 특별한 삶을 살고 싶다면 특별한 선택을 해야 한다. 가난한 사람이 부자가 되고 싶다면 부자가 하는 방법이나 방식을 따라야 한다.

일용직이든 전문직이든 스스로 원해서 나아가는 길에 환희와 기쁨이 가득하기를 바란다. 나이는 숫자에 불과하다. '늦었다'라고 말하지 말고, '이제 와서'라고 생각하지 말고 시도하고 도전해 보면 좋겠다. 유한한 삶을 내가 하고 싶은 것으로 채워 가고 싶다.

내가 가장 좋아하는 고사성어 중에 '수신제가치국평천하(修身齊家治國平天下)'라는 말이 있다. 수신(修身), 나를 위해 살아야 한다. 세상보다, 나라보다,

가정보다 내가 먼저 일어서야 한다. 내가 있어야, 내가 바로 서야 그 다음이 있는 것이다.

이전과 많이 달라졌다고 소리치고 싶다. 자존감 낮고 자신감이 없던 나에게 이전과 정말 많이 달라졌다고 얘기해주고 싶다. 이전 방식과 다른 삶을 살고 있고, 앞으로도 그 마음으로 살아가고 싶다.

.

생각을 담다
마음을 담다

도서출판 담다

이전과 다른 방식의 삶을 선택하다

일용직이면 어때

초판 1쇄 발행 2023년 5월 23일
지은이 이경용

발행처 담다
발행인 김수영
교열 김민지
디자인 김혜정
출판등록 제25100-2018-2호
주 소 대구광역시 달서구 조암로 38, 2층
메 일 damdanuri@naver.com
문 의 070.8262.2645

ⓒ 이경용, 2023

ISBN 979-11-89784-33-1 (03810)